青春情慾與晦暗心鎖，
男人一點點溫柔的壞。

青春阿修羅

陳銘磻◎著

〔推薦序〕

探測生命最深之暗

林文義

無關乎道德及世俗之律則，小說書寫其深其廣，猶如溯河尋源，揣測或者追憶往往俱在其中；那麼，創作歷程已過三十寒暑的陳銘磻，如何予以詮釋最初的青春與肉體之回想？

《青春阿修羅》是耽美與沈落的青春小說。我憶及與銘磻同一世代的文學初習的寫作人，多少無不啓蒙自三島由紀夫小說《假面的告白》，而銘磻的這本小說令我不禁有此聯想，反而黯然神傷的是與同一世代酷愛文學的寫作朋友與之共老，共滄桑的美麗與悲涼了。

這小說從少年對自身的肉體探索起程，而至生命最深的暗處，或沈落或自傷，懺情以及無措的耗損；作家是以誠實、虔眞的謙遜，試圖透過此書，引領讀者一探私密的生命底層。

那種不被瞭解的內心吶喊，以及和自我決絕對抗的悲壯姿態，在字裏行間裏四處可見；作家試圖告之我們什麼？或者只是藉以追溯遠逝的青春，譬如以肉體印證，以情慾自許生命那般有過的烈愛，如火之焚，若水之柔，暴虐自我而怕傷了他者；小說中呈露的是一向如作家風格中些微的憂柔寡斷，反而形成「陳銘磻」式的特有筆觸，那般的蝕人，那般的一廂情願，義無反顧的回首，彷如就義前的武士。

肉體之沈溺，情慾之尋索乃是本能反應。文學之可貴可感正由於它的坦蕩無僞，這本小說可印證其成長的自我探測肉體、情慾的本源，亦多少可讀出作家以自我爲鏡，映照己身，盼與讀者共鳴分享，這種虔誠是值得感謝。

也許作家在完成這本小說之後，自我也彷彿經歷了一次密教般的儀式；或者，文學老手的陳銘磻，願意在不久的未來歲月，執筆描繪中年滄桑後的肉體與情慾，與之和此書交相應會，那麼文學的三十年就自然的接續交纏。

阿修羅，古印度梵書中的魔性神祇。

應該還是有溫柔、狂烈的深愛與慾念，這樣，才有眞正的人性與眞實，

小說如是告訴。

二〇〇四年二月二十七日凌晨・台北大直

編按：林文義，一九五三年生於臺灣臺北市。曾任報社記者、自立晚報副刊主編，現為自由作家，並主持電視、廣播節目。且在電子媒體評析時論。著有《茱麗葉的指環》、《母親的河》、《旅行的雲》、《手記描寫一種情色》、《蕭索與華麗》、《鮭魚的故鄉》、《北風之南》、《革命家的夜間生活》、《藍眼睛》等散文、小說作品四十餘冊。

〔自序〕

頹廢的阿修羅意識

阿修是某年輕男子的名字，他的全名叫「歐修羅」，認識他的朋友都喊他叫「阿修羅」，簡稱「阿修」。

阿修的長相無論從哪個角度看，都充滿天生的俊美模樣，俊美有餘，卻是一種不具獨特性的氣味，也就是說，他的俊美只是理論學上的詮說，實質上，他經常矛盾與躁鬱的性格，使他的美缺乏男性特有的昂然朝氣。

年輕時代的阿修，對性、哲學與青春迷惘不已，這種對性與性向的迷惘困惑，曾經讓他內心產生強烈的心理健康與否的困頓；與其說，他對青春與性的矛盾，讓他的心理產生多樣茫然，不如說是一般年輕男子在青春期都會應運而生的虛構性向，或許更能令人理解。

凡是年輕人會激烈觸擊的，關於性的思索、困擾或熱情的把戲，在他來說，無如一種追憶與追悼；曾經高度迷戀性，使他困在心的糾葛裡，他甚至懷疑自己是否患了嚴重的性倒錯病症，以爲自己有某種難以啓齒的性癖好，或者同性戀傾向；他害怕同性戀這個名詞、這個代號，即便是這種行爲，都會讓他感到莫名憂慮，然而，青春期的男子，很難遮掩對性把戲的熱愛。

他感到憂慮的另一個理由，據説是因爲人人喊他叫阿修羅，這個奇怪的封號，活像他必須只能是個聖者、修行者，既是修道人士，他豈能沉溺性的諸多貪婪？

阿修羅是誰呀？

梵語説，阿修羅者，惡魔神名，多力好戰，形狀極大，男醜女好。

這樣的梵語説，使他更加難堪，「我非惡魔，長相更不醜呀！」他説了，爲什麼大家不用「少年英俊、善射，專司詩歌、音樂、醫療」的阿波羅來形容他，或者用「斷盡煩惱，可受世間供養的聖人」的阿羅漢來讚美他呢？

他彷彿覺知身爲濁世男子，被人喊做阿修羅，即使踰越正常男人該當有的行爲規範，都屬於理所當然的現象。話雖如此，但懵懂青春期，他一再從困惑中釋放儲存心中久矣的無知，深刻的陷入性的錯知錯覺裡，陷進難以自拔的頹廢中，他以爲性的意識與性的幻境，將爲稍縱即逝的青春帶來滿懷慾河奔流。

當心智與慾念交雜在是男是女、非男非女的性向迷茫間，他反而不知所措的在錯亂中落失青春的天眞與笑顏，迷失愛與慾的分別心、遺失感性的浪漫情愫；他根據自己的想法，無限制的在愚行裡，放蕩對性的渴望。

阿修的想法，也是許多年輕男子的想法；這本書，表面上寫的是阿修的青春煩惱事，實際上，一併呈現青春男子的年輕慾求。

慾求不悔，是煩惱；煩惱中，愈加彰顯青春多事、多苦惱，也多愛憎。

依稀覺到文字裡的璀璨青春，僅是一種亮眼陽光，當用力踩過這條迷惘路時，才驚覺這人人唯一的愛慾旺盛期，竟塡塞多麼短暫的歸屬。

目次

〔二十歲以前〕

青春阿修羅的迷惑

他相信神奇的生命元素可以讓青春獲得無限勇氣，使他的成長充滿與世界共存的喜悅。

烈日與紅色心事

他的下體為什麼長毛？
又為什麼緊抓我的手去觸摸他的生殖器？

烈日與紅色心事

他的下體為什麼長毛？又為什麼緊抓我的手去觸摸他的生殖器？

那一年，歐修羅十三歲，跟父母住在鄉下老家，尚且不知天高地厚的年紀，猶不知男性青春期生理構造與變化這回事。

直到江的出現，他才恍然男性特徵某些實際情況，也恍悟性象徵的神秘與不可喻解。

由於先天上既存的羞赧性格，他擅長於用觀察洞悉同年齡男生的心理，怪的是，一旦面對自己時，他的洞悉能力即刻變得容易背叛自我，那是因爲矛盾的性情讓他在錯覺中以爲自己是不被人愛的，父母如此，同學相處更是如此，所以他從來不愛用幻覺去換取他存在的條件，就算青春期所發生的關於愛的騷動和性的變化，他都不曾用幻想需求過。

不過那只算是短暫的意念而已，他不會有什麼與衆不同的地方，尤其在認識江以後的青春過程裡，他變得格外關心肉體，他學會用幻想想像自己好似風一般，輕飄飄親近到他喜歡的人的身體，清楚看見神祕的人體模樣，他希望自己是透明的，很好笑的隱形人。

因爲，唯有當幻想、虛構和眞實滲雜在一塊時，他才會有被愛的強烈感覺發生。

江大他三歲，是不折不扣的小男人，貌似電影「第六感生死戀」的男主角派屈克・史威茲，也長得一副和這個主角同樣健碩的好身材，住在鄰村，是著名外科醫生的獨生子。

夏季時節，他因爲常到山後的河邊游泳而認識江，他知道江全家搬到鄰村不到半年，家境富裕，談吐更顯得開朗自在，是個十分討喜的青春郎，不像土生土長的他，羞澀、內向。

到河邊游泳，村子裡的小孩習慣穿四角短褲，站在高高的岩石上，噗通跳下水，雖然保守卻自得其樂，倒是新來乍到這個戲水聚落的江則顯得與眾不同，一個年僅十六歲的少年，大人眼裡不大不小的小孩，行爲卻開放得彷若都市前衛族，大方且膽敢，讓大家不禁對他另眼相待。

江連講話都像個成熟而落拓的大男生。

某一天，村裡的陽光炙烈得幾乎快令人暈厥過去，大多數人都把自己關進屋子裡吹電扇納涼，他在午後一時許，獨自騎著單車想到河裡游水消暑，那一年夏天的村子，蟬聲特別聒噪，村裡村外全是嘶啞不停的蟬叫聲，連聲叫人聽了就快瘋掉，倒是山風拂來清涼，使人很想擁抱它。

河邊沒有其他玩伴，他在大岩石旁，無意間發現正在做日光浴的江，以及被擲置在岩石上那條法國名牌的紅色泳褲，跟著江橫放在岩上一角。

江則赤裸著身體橫躺在繡花大毛巾上。

他的出現似乎沒有驚嚇著江，江顯然也已聽見他的腳步聲，卻無動於衷的任其陽光曝曬一身茶棕色晶亮的肌膚。

江靜心等待他從後方悄悄走上來。

當他的腳步逼近到離江不遠處時，江不疾不徐摘下那支時髦墨鏡，一副怡然自若的告訴他，他喜歡皮膚曬成棕色，說是流行趨勢。

誰會在乎皮膚要什麼顏色才叫流行，眼前的江，裸著赤條條身體正面向著他，使他幾乎傻眼起來，一時驚愕到連呼吸都像快窒息一般，不由自主地直視江下體垂掛的性器，心裡卻訝然不已的自喃：「他那個地方怎麼會有一叢茸茸黑色的毛，天啊！這是怎麼回事？」

雖然跟江不算頂熟，倒還認識幾許，江看他面容慌張，又毫無遮掩的流露使人覺得好笑的昂奮表情，知道他心裡面正想些什麼，江直站起身子便說：「難道你的那裡沒有長陰毛嗎？」

陰毛？什麼東西呀！怪怪，那個地方居然會長出「毛髮」。

江說：「那是男性成長過程中必然的發育特徵。」還說：「我是班上第一個長陰毛的人。」

江說這些話時，一副得意氣燄，看起來像是很懂事的派頭，聽得他不禁尷尬起來；這時的河邊若能有面鏡子，勢必得見他脹紅著一臉羞怯的不自在樣子。

江並沒有立即穿上泳褲，看似不害臊地一逕光溜溜攏向他，並且大大方方伸手抓起他那已然顫抖不止的右手，向著江那個長毛的部位摸去，還大言不慚地說：「每個男生都會長成這樣的，也惟有長毛，男孩才能成爲眞正的男人。」

這是哪一本書裡記載的「歪理」？

他像觸電般渾身緊縮的喊了聲：「哇！」他的右手，一隻原本用來寫字、拿筷子吃飯的手，光天化日之下，沒來由的碰觸到一個大男生的體毛，和一團正在「進行」膨脹的，他的下體器官。

江並沒有鬆開他那隻被抓著的手的意思，他怔然不知如何自處的杵在原地，片响裡竟說不出任何半句話來。

江反倒表現得俐落有致的說：「這下你明白了吧！這就是男人，可以挺立的男人。」

他不盡然完全明白男孩和男人眞正的差異在哪裡，然而，摸過江的男性特徵的右手，感覺卻充滿矛盾、疑惑，又顯得有些好笑，但他不敢笑出聲來，他用壓抑迫使自己將這份奇妙的感覺留在心裡面。

「他的下體爲什麼長毛？又爲什麼要緊抓我的手去觸摸他的生殖器？」

他不明白的想著。

大膽露點，這就叫男人嗎？還是江生性變態，出生以來十三年，他從未正眼見過另一個男性的生殖器；江，才十六歲，竟早熟到意圖用性來見證成長的存在意識。

陽光依然溽烈的鋪張在清澈的河面上，他忽然覺得自己像中暑般鬱悶起來，被江刻意抓去觸摸性器的那隻手，彷彿一直僵在那裡，有些荒唐，又有些可笑，這使得他在江長得不錯的肉身上，對神祕男體開始感到茫然、無助。

不知道該不該找機會問爸爸，或者同學，究竟這是怎麼回事？

肯定他是沒勇氣開口問的。

那一年夏天，他認識江，也同時見識到男性裸體的微妙，但是，心中黯然升起的不解困惑，卻持續了長長一整個夏季。

那一年夏天他正發育

長了陰毛之後的成長歷程，
到底會是怎樣一種狀況？

那一年夏天他正發育

長了陰毛之後的成長歷程，到底會是怎樣一種狀況？

國二那年九月的陽光，比起他生命初始任何一年，還要來得熾烈燥熱，空曠的校園操場，一片死寂，就連小草，在久旱不雨的天候裡，垂頭喪氣，彷彿等待枯死一般，使不上力的靜默著。

課間短暫的休息時刻，同學們大都聚在教室，選擇做些實在沒啥意義的「休閒活動」，譬如打屁、瞎扯，盡是些消磨時光的無所事事；雖然喧嚷聲少了些，但仍有一部分好學的同學不忘捧著書本，藉機背誦英文單字或呆坐沒事。

教室外面，熱燙的夏陽，有一股莫名的慵懶況味，就像美國西部片裡，曠野荒漠的死城一樣，不時流蕩幾許沉寂氣味。

這時，校園樹叢傳來陣陣蟬嘶，不見蟬影的乾涸聲像是隨時會斷氣那樣，擾人清夢。

惱人，是啊！上英文課的那個早上，他開始受不了操湖南腔口音的老師，一口咬字怪腔怪調的英語，加上坐在臨近窗口位置，怔怔望著操場一動也不動的籃球架，以及操場上空未染半片雲朵的寂寥，又忽然聽得那聲聲擾人清心的蟬鳴，愈加使他感到渾身不安起來，他耳際忽明忽滅閃過湖南腔老師連串語音迴流，頓時顯得格外模糊不清。

湖南佬到底在唸些什麼經？

坐在課堂裡，他焦躁的情緒比空曠操場上浮動的熱氣，還要令人難受，那種像草根正要穿透地表皮的騷動，自他下體不停蠢動上來，冥冥中像有不明的東西緊緊扯在那個要命的地方，沸沸揚揚直衝腦門，難過的心虛不堪，直叫他坐立難安。

他心裡突然產生一股異樣的衝動，很想立即扯開內褲，看它到底怎麼回事！

期期艾艾說不出個所以然，他乾脆把手伸入褲袋裡，輕輕從袋子撥動丹田下方，探測令他難堪的強勁針刺感覺，究竟怎麼發生的。

他的眼睛假裝鎮定環顧課堂教室的全貌，實則耽心害怕自己怪異的舉止，恐怕引起其他同學注意。

看來同學們聽課神情，千奇百態，怪異而呆滯，根本不會有人注意或察覺到他正在進行著「褲袋裡的乾坤活動」，他似乎可以安心像搜尋地雷的戰士那樣，小心翼翼的在褲袋底層，搜查比尋找英文單字還難的答案。

存心搜尋的結果，什麼都沒找到，可是那要命之處，像有千萬隻螞蟻在那裡爬行，令他以爲皮膚上長出怪蟲來了，就是完全不對勁那樣，使他整個人蕩起極度嫌惡的不安感覺。

那堂湖南佬的英文課，他聽不進任何聲音；一整天的課程，也都是在恍恍惚惚中蒙混過去。

放學回家後，他即迫不及待扔下書包，衝進廁所，解開卡其褲，快速扯下內褲，赫然發現解尿器官上面的皮膚表層，從毛孔裡冒出斑斑點點的黑毛，短短、粗粗、硬硬的。

莫非這就是江在河邊，曾經告訴過他的「陰毛」？

「簡直像芝麻園嘛！」他脹紅臉，自我解嘲說著。

哇！果然是長大的徵兆！

用過晚飯後，他到父親的書架上遍尋相關男性青春期書籍，結果什麼也沒找著，只見他人影不斷往廁所跑，每進一次就扯開內褲，看它有沒有長長的跡象。

那一陣子，只要上廁所或洗澡，他都十分用心觀察這片黑芝麻田成長的進度，他甚至打算用尺丈量芝麻每天成長情況，一如生物課紀錄稻禾成長那樣，細心觀察。

不是他沒有勇氣向家人說出成長的眞相，他在自我困阨的環境裡生活了十來年，知道說出成長眞相的後果將會如何，他並不打算立即向父母或同學坦白這件事，主要是想測試自己是否有勇氣承擔青春期容易因爲生理變化，產生的可能叛逆。

那年夏天，他格外喜歡假日到海水浴場戲水，浴場沖水間多的是赤身裸體的男人，到那裡，他可以光明正大從大男生身上，見證自己已經是個成熟的男孩，一念及此，莫名的喜悅簡直比用功讀書，還要令他感到快樂。

不知道那一年夏天，班上的同學有沒有人和他一樣，在「發育」的矛盾中，顯出慌張不解的心情？

他當然不敢問，身爲班級重要幹部，他哪裡膽敢任意提及「陰毛」這兩個字，男生世界是很差勁的，大致和女生一樣，喜歡說別人的是非，他怕一旦把這種青春成長事說出去，一定會被同學譏諷爲變態狂。

他耽心跟同學談起，恐怕無地自容。

他的心情異常矛盾，照他臉上鬼祟的表情看起來，他的確煩惱長出陰毛之後的成長過程到底會變成甚麼樣？所以每天回家第一要事，他總是利用如廁時，情不自禁多瞧幾眼這遍荒漠地長出來的芝麻田，變成什麼模樣了。

確信他會因爲這件事，而對自己的存在感到不無自卑，下一次，不知道什麼時候他的臉還會長出鬍子，還有腋毛？

他就是這種夾雜在自卑又自豪之間的人，如果讓家人或同學看到長鬍子，該當怎辦？他們準知道他一定也長了陰毛，哎呀呀！那是好難啓齒解釋的事啊！

爲什麼陰毛要叫陰毛，多難聽的字眼。

典藏夢遺事

一陣溫熱暖流，逕自從腹下滾滾滑出，
他驚嚇的從睡夢中醒了過來，
發現內褲一大片濕稠。

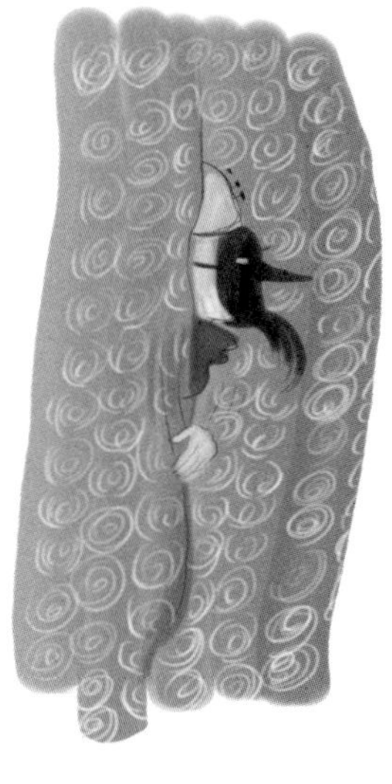

典藏夢遺事

一陣溫熱暖流，逕自從腹下滾滾滑出，他驚嚇的從睡夢中醒了過來，發現內褲一大片濕稠。

上體育課那天下午，經過一陣激烈運動之後，他肉體與精神的疲累似乎來得比平時早些，放學回家，坐在書桌前寫完數學問答題不久，竟不自覺倒頭躺在床上睡著。

睡夢中，腹下鼓脹得厲害，一股蠢蠢欲動的尿流脹大，令他有些難受。什麼也沒夢著，只感到腹下像有千萬隻蟻蟲在那兒來回游移著，時而熱燙，時而脹裂。翻滾的身軀竟以一種神遊之姿，在睡夢裡情不自禁騷動起來。

意識難清分明之際，他伸手進到內褲裡，緊緊握著硬挺的小東西，像握住澆不熄的慾火，從身上每一條看似即將迸裂開來的血管，卻無法抑止住那樣，忽然酥癢昂奮不停。

有一種興奮與罪惡並存的念頭，急速滑過他似明非明的意識，那種既想抑止又不好停止的昂奮心情，不待思慮，便在剎那間，一陣溫熱暖流，逕自從腹下滾滾滑出，他驚嚇的從睡夢中醒了過來，發現內褲一大片濕稠。

他誤以爲自己尿床，十幾歲的孩子竟然還尿濕褲子，糟糕！

他用手觸摸透濕的內褲，溫溫黏稠的，那不是尿呀！尿不是這副德性，尿不會有腥味，尿是阿摩尼亞的騷味。

他起身依坐在床沿，不知道這是怎麼回事？如果叫母親發現他在半夜讓內褲濕掉一大塊，她肯定會罵人，說不定還會以爲他做了什麼見不得人的壞事那樣，厲聲峻罰的對他又吼又叫。這時，解決困窘最有效的方法，即是偷偷拿了條乾淨的內褲，躡腳走到浴室換洗，並且洗淨內褲那塊「尿濕」的部位。

他心裡著實慌張，以爲自己病了。

黑暗中，他沉浮著迷惘的心情捻亮臥房小燈，打開平時根本沒去翻閱的健康教育讀本，他想知道這是怎麼回事？爲什麼從尿道滑出來的東西不是尿液，卻是他不曾見過的白色透明稠液，這種從不明體內滑流出來的，像口水又像是痰的黏液，到底是什麼玩意兒呀！

書上說，那叫精液，男生青春期發育成長的特徵，是生育寶典的必須品。

很難完全理解的生命狀態，他的罪惡感促使心念忽然湧起母親曾經說過「守護清淨無垢的本體」的話，他感到自己像是黑夜裡犯下無法饒恕的邪淫罪行，心底不由生起一股涼涼的焦慮不安。

正在房裡熬夜唸書的哥哥，好似查覺到他的異樣，敲門進他房裡，看他桌上攤著健康教育課本，手裡還拿著剛擰乾的內褲，一臉嘻哈的說：「哇！

弟弟長大了。」

什麼跟什麼嘛，「尿濕」的秘密都讓哥哥撞見了，這還用做人嗎？

「弟弟比哥哥早熟，我到現在都還沒有『那一回事』，你的青春期來的可眞早呀！」哥哥擺出一副奸滑嘴臉嘲弄他。

他不加理睬，那是個人的祕密，他一句話也不想多說。

他實在是個討人厭的哥哥，某個晚上，他無意間巧見到他躺在床上脫掉內褲玩起自己的鳥，還不時發出陶醉般令人作嘔的呻吟聲，雖然後來哥哥很快就又穿回褲子，表現出若無其事的樣子，但關於這個祕密，他始終沒向父母舉發，他竟不知好歹的要他在別人面前出糗。

是的，早熟，就算早熟，至少他不會拿女性的器官在電話裡跟同學開玩笑，他不開這種低級玩笑，他有屬於自己獨特的想法，這跟他擅長觀察的個性有關，他相信神奇的生命元素，可以讓青春獲得無限勇氣，使他的成長充滿與世界共存的喜悅。

喜歡陽光

總有一天，他也會如哥哥一樣，
成為許多人追求的目標。

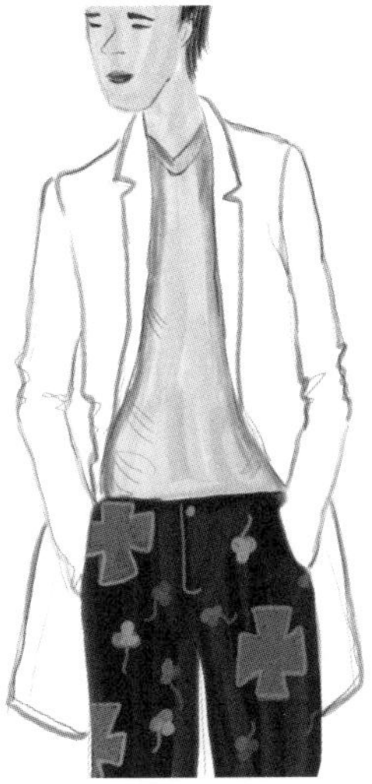

喜歡陽光

總有一天，他也會如哥哥一樣，成為許多人追求的目標。

他哥哥是大學體育系一年級學生，長得俊傑魁梧，不但是系裡出名的帥哥，更是社區裡臉孔長相最標緻的青春黑狗兄。

做弟弟的眞不敢相信自己眼睛所見到的一切，這一年來，向哥哥表白愛意的女性追求者，不計其數，由於得天獨厚的優越條件，這些追求者竟然把愛情追到家裡來，使他眼睛所見到的事實，產生前所未有的滑稽狀態，也就是說，當這些女性以傾慕的心情，不斷以電子信箱、手機簡訊以及堂而皇之現身到家裡來，無非都是抱著想靠美色來證實她們輕浮的愛情態度，美色與愛情是無法劃上等號的兩樣東西，偏偏這些行爲輕佻的少女，選擇耽溺色慾，使人確信她們這種追求男性情人的行動，並不存在著愛情真正的品味。

不可諱言，有個長相體面的哥哥，很是叫人興奮與驕傲的，雖然他不懂愛情，卻能同情被愛與被追求，那種無法均衡表現不想存在的意願，以及想要證實雙方「愛的不可能」的勇氣。

總之，男性美色也是假象的幻影，很難用簡單的幻覺捕捉，恐怕也是苦惱的噩夢吧！

美貌之外，他欣賞哥哥在運動場上矯健的身手，什麼都行，跑步、游泳、跳高、籃球、手球，無一不具特長，若提美色，哥哥最好看的時候應該是在運動完後，全身淌滿汗珠，一種象徵男性生命力躍動的美妙姿態，充滿旺盛的美和力的魅力。

追求哥哥的女性朋友，形容他是陽光之子。

這個陽光之子每次到社區籃球場打球，他都甘心做小跟班，提衣送水；陽光底下明亮耀眼的哥哥，是成龍，是馬拉度納，是貝克漢，是所有人眼神注目的焦點，他感到與有榮焉。

從哥哥身上，他看到男性象徵陽光的氣魄，也學習到運動家異於常人的體能與明朗的心情。基於運動後大量出汗的需要，哥哥擁有一抽屜內褲，少說也有三十件以上，紅的、黑的、花的，各形各狀，唯獨不喜歡黃的，哥哥說黃顏色是最不浪漫的色調；他喜歡看哥哥僅著內褲在臥房走路時，流露男人性感的英姿。

那一小塊布穿在運動員身上的確性感，而性感的意義即在於，透過外在體魄，適時表現身體機能以及內在心情的氣質特徵，他和哥哥一樣，都有一副魁梧的體魄，自然有條件展露肉體的線條美，那是男性粗獷和野性的融和美。

他的優越讓自己相信，總有一天，他也會如哥哥一樣，成爲許多人追求的目標，只要他以同等條件朝運動家方向前進，他深信青春會代替無知，成就他實現陽光氣魄的信念。

我礙了他們的路

難道長得帥，
也礙了他們走路。

我礙了他們的路

難道長得帥，也礙了他們走路。

在班上，同學們喊他叫「小張衛健」；街坊鄰居則說他長得像「林志穎」。

不管小張衛健或者小林志穎，都是他喜歡的青春影星，至少代表著「我長得不壞」，否則他們爲什麼不叫他「小趙傳」或「小陳爲民」？

雖然沒人說出口，但能長得有模有樣，倒不是常見的事，這裡不是希臘，不是義大利，不是隨處可以遇到俊男美女的國度，他能夠讓父母親生就一張帥哥臉龐，豈止幸運，這種美貌讓他每次走在路上，總有不少小女生對著他指指點點，像是告訴他：你是最獨特的。

這些少女以一種幾近崇拜的眼神凝視他，叫他好生驕傲；他甚至發現，不少男生同樣會抱以仰慕的眼光，偷偷瞄他，爲了不使自己因爲貌美帶來困擾，他乾脆對讚美他的人推說：我哥哥才長得正點。

被別人用傾慕的眼光注視，除了是他對於存在的哲學態度表現的風格，他自己時常也以張衛健的翻版自居。

別的不說，單是發生在學校的風光事，便足夠讓許多人對他的奕奕風采愈加嫉妒。

課間休息，只要他和同學從校園運動場稍微路過，即可以感覺二樓以上，站在走廊閒聊的女同學，會立刻停止她們的談話，然後將愛慕眼光投射到他身上，好像急欲告訴他：張衛健，你長得好帥喲！

同學除外，老師也這麼認爲。

升上國三班第一天上課時，新來的國文老師點名點到歐修羅的名字，即幽默說道：「你們班上怎麼有個張衛健，眞絕！」

教美術的林美雪老師也這麼認爲，她說：「歐修羅長得簡直跟張衛健不分軒輊，像同一個模子印出來的。」

就因爲他是帥帥的張衛健，他們班的班長，當然非他莫屬，有個帥哥擔任班長職務，這一班的威風氣勢，自然不在話下。上下課喊口令，他的聲音和動作帥斃了；參加班際會議，他的風采常令別班班長刮目相看；走進教職員辦公室，老師們見他，都會笑咪咪對他另眼相待，女老師最喜歡摸著他的頭說：「你媽媽是怎麼生你的？沒事長得這麼帥做什麼唷！」

他不喜歡別人摸他的頭，一頭烏黑帥勁的頭髮，被人沒事摸來摸去，實在沒品；但看在老師那麼疼他，只好睜一隻眼閉一隻眼，將就通融她們對他的厚愛，不予惹氣。

曾經，就有別班男生嫉妒他長得好看，放話給他，如果再囂張，一定用硫酸讓他死得很難看。難道長得帥，也礙了他們走路。

既是如此，年少的張衛健，在記憶中形成完整無缺的美貌含意，他想藉著運動，重新塑造青春生命的新定義，也即是他開始愛上力量，他意圖在開朗的運動氣息裡，接近力量，準確的展現驚人的青春活力。

就像他另一個喜歡的電影人物劉德華一樣。

他喜歡劉德華是基於他在虛擬世界所詮釋的「英雄氣概」——一種男性沙文主義的活力青春，依稀得見現實生活中不易遇上的義氣；與其說電影中的義氣只因一時愛恨情仇，引起的人性衝擊，不如說是人性原始面的呈現來得恰當，眞實人間無情無義，一點也不需要覺得驚奇。

眞實世界的人性，充斥殘虐與冷酷，人們連起造夢想的興致也被現實物質化扼殺。

的確，現實環境所能見識到的義氣，不過是電影劇情虛構的幻覺，英雄人物也僅是順應電影需求，被塑造成的偶像幻影罷了，根本不用在乎「英雄世界」傳遞的英雄氣概是否眞僞的問題；現實世界原本就不是那麼回事。

爲此，他在早熟的思維裡，對現實世界留下庸俗與略感虛假的印象，他不會冀望同齡的朋友支持他對於美貌以及青春意義的實質見解，也不想讓別人理解他青春歲月所意含的，關於性與成長，加上他思想中一再拒斥那些令人嫌惡的道德規範，擺明的說，不被他人所理解的青春眞諦，正是他存在的特質。

青春情慾

獨自望著性部位不斷脹大起來，
他趕忙躍進澡盆，
試圖叫冷水澆熄那突燃的慾火。

青春情慾

獨自望著性部位不斷脹大起來，他趕忙躍進澡盆，試圖叫冷水澆熄那突燃的慾火。

年少的青春期苦悶，不似「少年維特的煩惱」那樣富於生命哲學，他在十八歲的思潮裡，始終遍尋不到生命最初的意義，而生命的意義究竟是什麼？沒人告訴他，學校的課程從來不教「生命」，說是太深奧，年少不宜。

而在學校裡，除了讀書，還是讀書，除了考試，還是考試，父母說，只有讀好書考上理想大學，才能爲祖宗顏面爭光，對歐家來說，他們強調三代以來沒人上過大學，而哥哥和他，是下一代唯一希望的寄託。

「我是誰呀！」、「我到底爲誰而活？」令他百思不解的人生意義，經常流露在成堆的紙片上，很雜、很亂。

有時候，連洗個澡在浴室裡稍微待久一點，媽媽也要大聲催促：「讀書時間不夠了。」

他實在疲累極了，來自校方緊迫的頻繁考試和母親千叮嚀萬囑咐的讀書千斤頂壓力，他很想泡在澡盆裡死去，最好就此一覺長眠，永遠不起。

媽媽說他洗澡要花那麼長的時間，根本是逃避責任。

其實也不過半個鐘點而已，他已經養成習慣，每次入水前，一定要逐漸增加伏地挺身的次數，現在，他可以在七分鐘之內做完五十下，他想短時間內能做到七分鐘一百下。

做完伏地挺身再去洗澡、泡澡，是件愉快曼妙的事，同時藉由流汗後，好好享受泡澡的舒坦，一舉把苦悶心情掃清。

這一次，他試著不穿內褲，只裸露全身，一二三做出標準姿勢的動作，他希望今天能夠在五十下之外，更精進一些；也許是椅子坐久了，他今天連五十下都沒做成，卻是腹下部位，因不斷碰觸地面，迅速膨脹起來，突然有一種「青春衝動」的慾望。

靜悄悄的空間裡，獨自望著性部位不斷脹大起來，他趕忙躍進澡盆，試圖叫冷水澆熄那突燃的慾火。

不能想，不能想，等一下還有書要背。

愈是理智壓抑不要去觸動任何突然閃進腦海的許多混亂畫面，那紅通通的性器愈是不聽使喚的昂立起來。

痛苦啊！爲什麼連肉體都有這麼多麻煩的事？

躺在澡盆裡，什麼也沒做，他只讓思維自在的游移那些曾經在書上、影帶裡見過的惹人胡思亂想的煽情畫面。

想吧！幻想過後，也許可以讓腦筋清醒些！十八歲的年紀，他想：我又從來沒做過壞事。

壞事？壞事的標準在哪裡？偶爾在浴室裡手淫算不算壞事？難道當他男

性生理期忽然跑出來來時，你非得叫他公然在跟著弟弟一起睡上下鋪的房裡做起來？不，弟弟肯定會被他激烈的動作驚醒。

是啊！就那麼一次，深夜啃書開夜車，當他坐在書桌前，沉醉入迷做著那件青春情事時，被正尿急要下床上廁所的弟弟撞個正著，弟弟還問他是不是在搔癢，害他足足羞赧了一整天，什麼話也沒敢多說。

關於這種青春事，他又不能冠冕堂皇拿去問父母，他們只會叫囂他讀書、背書，從來也不教育他一些有關性，或者如何處理性幻想衝動的基本常識。

他眞是少年「維持」煩惱，他怕常常趁洗澡時做那件事，會流失掉他的精神，甚至讓記憶減退，讀書記不牢，一切就子虛烏有了。

如果能夠穿著衣服洗澡，那該多好；如果裸著身子在浴室裡不那麼快活多好！如果能趕快長大，多好！

〔二十歲以後〕

青春阿修羅的迷戀

這一段悲涼的戀戀愛之旅，
他一路可走得艱苦呀！

勞軍情人團

他親眼目睹歌女陪著長官夜宵的虛偽演出，
以及長官們一副想吃豆腐又不便吃的醜陋嘴臉。

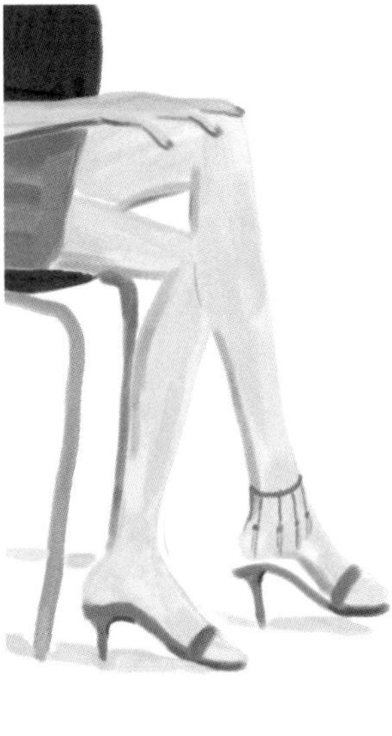

勞軍情人團

他親眼目睹歌女陪著長官夜宵的虛偽演出，以及長官們一副想吃豆腐又不便吃的醜陋嘴臉。

二十二歲，歐修羅從軍入伍，進駐部隊沒多久時間，即見識幾次電視公司到基地舉辦的勞軍節目，他十分厭惡這種打著「敬軍愛民」旗號，實際上卻勞師動衆做沽名釣譽的惡質活動。

隨身攜帶個人摺疊椅，値星官快速的把部隊集中到大操場看表演，這一次，他篤定告訴自己，一定得找機會開溜，抽煙、看星星，做什麼都可以，就是不要困在草綠色一片黑壓壓的隊伍裡，跟隨群衆大叫：陳明眞，我愛妳；蕭亞軒，妳是我的夢中情人。

這簡直就是一種污蔑男性尊嚴的性挑逗作爲，把軍人全當成不學無術，僅拿女色做爲宣洩性苦悶的工具，嚴格來說，則是從一個極端慾望，幻變到另一個極端猥褻的荒唐行爲。

如果軍人雄糾糾氣昂昂的鬥志中，尚留有一絲英勇氣概，絕不會表現出這種意味著性瘋狂的醜態，幾至令人無法分辨軍人的獨特意志，是否眞需要靠歌女的性挑逗，才能獲得平撫，甚至說是激勵？

部隊裡這種勞軍情人團的活動，由來已久，任誰都無能爲力改變現狀，現狀無法改變，只得放任思維游離出那些歌女「我愛你們」的虛情假意，然後馳騁想像空間進到抽象的無慾世界，誇耀自己雖然不致冠名柳下惠，但肯定也不會是個情慾狂。

他想像天空忽然下過一陣驟雨，天際出現耀眼彩虹。

彩虹雖爲幻象，卻是可預期的美麗，總是超越虛實不明，歌女不斷以歌聲嘶吼「我愛你們大家」的侮蔑假象。

台海已經很久沒有戰事發生了，不爲戰雲密佈而預備的戰技操練，固然無趣無味，但也不至於需要經由電視公司組織一批假藉勞軍名義，實則謀打歌之實的衆家歌女，營造所謂的「夢中情人」，騷動阿兵哥一時的頽然瘋狂。

當這些被媒體標榜爲軍中情人的演藝人員，打完歌下了舞台揚長而去後，阿兵哥深夜的寂寞感即可消除嗎？

那才是似幻又似夢的痛苦開始。

他曾親眼目睹那群歌女陪著長官夜宵的虛僞演出，加上長官一副「想吃豆腐又不便吃」，那種令人作嘔的嘴臉，不禁使人聯想起人性醜陋的千奇百怪，想倦了這種荒唐的勞軍名堂，跟性挑逗幾無差異，最後只好捕捉些較爲明確的鬆弛心，即感欣慰了。

他甚且親眼看到勞軍活動結束後，性腺功能績效特別好的士兵，夜半時刻，曲蟄於通舖裡發出連串夢囈的淫蕩聲，下體在被窩裡起伏蠕動，床板則發出連連搖晃聲，這是男性性意識受過刺激之後的幻覺，以及透過手部活動，瞬息進行的一場如癡如醉的感官運動。

是的，也許此時夢中情人正浮游在阿兵哥甜美而激情的幻境中，也許騷動過後的激越發洩，可憐的士兵必將同聲慨嘆，怎麼善後？

第二天清晨，從號角聲聲催促緊迫的要命噩夢中醒來，所有夜晚出現過的夢中情人，此刻又都跑到哪裡去了？

宿營挖廁所，洗澡避女人這些軍中鐵的紀律，已然隨著時代改變而成爲最不可思議的放蕩觀念了，他最最不明白，那些軍中情人除了會到部隊來打歌說笑，擺性感以外，還能爲軍人做些什麼有意義的事？

榮團會例行報告中，有人強烈質疑勞軍這無聊的愚昧舉措，連輔導長卻欲蓋彌彰的強調，說那是爲了撫慰戰士們捍衛國家人民身家安全，辛勞付出的心靈饗宴。

呵！他差些沒把晚餐全都噴出來。

說不上自己貼不貼近女色，進部隊以來，他只明白軍人跟服從有絕對關係，跟軍中情人又有什麼瓜葛？把「情人」這種可以悠揚耽於浪漫氛圍的字眼，加諸在那些連歌都唱不成調的歌女身上，不是頹廢即是腐敗。

爲此，自從中秋節那場基地勞軍晚會之後，他甘冒擺脫鋼鐵紀律束縛的風險，只要有活動演出，他寧願溜到技能場靜沉沉的曠地上抽煙，或者看月色去，就是不願勉強自己聽歌女無趣又乏味的感性談話。

還好，他這觸犯軍人紀律的孟浪行徑，始終未被發現，否則他最少也會被關上禁閉室好些天，獨享夜很靜，夜很涼的悠閒假期。

說過愛之旅

傳聞這名父母早早雙亡的大專兵，
竟然無緣無故在寢室橫樑，
用尼龍繩上吊自縊。

傳聞這名父母早早雙亡的大專兵，竟然無緣無故在寢室橫樑，用尼龍繩上吊自縊。

說過愛之旅

窮極無聊的兵役生涯，他不懂阿兵哥的笑話為什麼永遠繞在葷味和女人裡轉圈？彷彿笑話中不添加女人與性為主要元素，笑話即不成為笑話，甚至一點也不好笑。

他不在乎說葷笑話會不會就此消弭當兵的一切苦行，只是不解，為什麼阿兵哥的世界容易被苦悶與寂寥籠罩？

除了出操、站哨、戰鬥演習，促使他想用歌聲拯救不出操時寂寞靈魂的動機，是因為他喜歡藉由歌聲撫慰離家遠行的相思心情，思念成為他和同袍共同累積的生活形態，這看似抽象的心靈轉折，的確爲他風聲簌簌的軍旅生活帶來不少安定作用。

承繼著軍營傳統歌唱與答數的威儀歌聲，尤其是唱遍那些「風雲起山河動」的軍歌後，他突然本能的想徹底改變自己對於這種傳統軍歌演唱方式的衝動，也就是說，他要運用實際的聲樂技巧，加入到軍歌的內涵裡。

這恐怕是件好笑的舉措，坦白說，任何聽過他聲明的人，都會預感這是不智之舉，軍歌與聲樂如何能在隊伍行進間並存？起碼連部長官絕不會容忍這種不倫不類的表現，那麼，他又何苦意圖衝擊這項傳統已久的歌唱技藝。

顯而易見，比起那些嘴裡喊著當兵無聊，卻依舊能安於在無聊現狀中過活的人來說，他的腦筋實在欠缺機靈反應，部隊事豈能隨意聽任更改，軍歌就是軍歌，絕不會是聲樂，也不會是流行歌，從來沒人膽敢到會動起更改軍歌演唱方式的念頭，他的腦袋是不是因爲持續著戰鬥訓練，忽緊忽綳的操演結果，而喪失掉該有的理智？

儘管如此，他仍堅持自己不變的顛覆心態，尤其在聽過學長提及過往老兵，僅能用歌聲填補軍旅生涯苦悶的心靈後，他愈加沉浸在那些沒幾個人想聽的陳舊傳說。

老兵傳說，六〇年代，洪小喬的電視節目和她那些訴說心靈流浪的歌曲，曾大量流傳軍營；休假日無法趕回遠方家園的戰士們，如果不想外出，常會三五人聚在寢室裡、操練場，用吉他彈唱歌謠，那時，除了「離家五百里」、「以吻封緘」這些充滿感傷意味的流行洋歌之外，就屬洪小喬的「愛之旅」和「你說過」最受阿兵哥喜愛。

洪小喬低沉的嗓音、淒美的歌詞，很容易勾起遠離故鄉、家人、愛人的阿兵哥無限傷感的情緒。

據說，學長中有一名年輕英俊的大專兵，彈得一手好吉他，每逢部隊放假日，總愛一個人坐到操練場司令台邊，逕自低聲吟唱洪小喬當時流行的歌，他的歌聲哀怨、蒼涼，令人不忍卒聽，每當唱到「要帶給我許多故事」

的詞境時，看他閉目悒悒，像有滿腹心事似地一臉沉重。

大專兵從未吐露過自己的心聲，沒人清楚他滿腹心事究竟是怎麼回事？

不久後，傳聞這名父母早早雙亡的大專兵，竟然無緣無故在寢室橫樑，用尼龍繩上吊自縊，沒留下任何隻字片語的遺言。

接近他的同僚約略知道，自從他要好的女朋友不幸在台北一場車禍去世後，他整個人即變得落寞寡歡，幾乎到了不跟人說話的地步，就連休假日也不見他離開營區，只要天晴日，但見他獨自拿把吉他，神情恍惚的走到營房外某棵樹底下，自彈自唱；彈唱不過一段短暫日子，不久即傳出他自縊的噩耗，令人不勝噓唏。

這會不會就是俗人口中，堅貞的愛情？

據稱他和女友之間的恩愛感情，像極了愛情小說，浪漫而眞誠；這也就莫怪他喜歡拿洪小喬的歌，做爲抒解心中悒悶情懷的顯明特徵。

雖然一再用淒美的歌聲，試圖抒解莫奈人生際遇的結果，仍然沒能有效去除他心中無限哀戚的情傷之痛，他果眞活得辛苦。

這一段悲涼的戀愛之旅，他一路可走得艱苦呀！

許久以來，軍營裡不再聽聞有人傳唱「愛之旅」的淒迷景象了，現在的阿兵哥都在中山室裡高唱卡拉OK的流行歌。

你當兵的年代，營區裡都在傳唱哪些動人的歌謠呢？

叛逃的情人

表面清純的女孩不牢靠，
跑得快。

叛逃的情人

表面清純的女孩不牢靠，跑得快。

自從女朋友耍兵變跟新認識的要好男友連袂背叛愛情，鬧出一齣叫其他同袍看他笑話，顏面盡失的齷齪事件後，他的言行舉止跟著變得十分詭異，從不喜歡與人交談，休假日堅持不肯外出，總是一個人悶聲窩在寢室裡，頹然無力活著。

阿兵哥的世界，果然盛行女友兵變的狼狽窘局，他雖非第一個被女友遺棄的充員戰士，但搞出一臉令人直想扁他一頓的怪異形象，堪稱連隊第一號恐怖份子，弟兄們時刻耽心他會不會學那個在寢室橫樑上吊自縊的老學長一樣，捅個大紕漏，要人善後。

連輔導長憂心他可能隨時出狀況，三番兩次找他個別談話，可是根本發揮不了任何作用，他的心情早被愛情叛離擊成重症病號，生活中不再有幻想、等待與綺夢出現，臉色表情開始流露分不出喜怒哀樂的慘烈模樣，確實使人無法從他沉鬱的形貌中捕捉到些許可能的蛛絲馬跡。

他的行徑頗叫人感到意外，戰友們形容他：「癡情到可以去死。」

對待現世的愛情，需要像他這樣單戀一枝花嗎？所謂的癡情，原不過是對於生命態度想不透的荒謬幻象，愛情充滿不可臆想的變幻莫測，一方面不好說明，另一方面實在不必感到意外，它不是你死心塌地戀著它，便能永遠獨享；癡情的他不好解讀，只得叫癡人說夢。少年時代在學校學過一陣美術技能，所以擁有一手繪畫本領，這個高學歷出身的作戰士官，個人的寢室裡，近來被發現滿屋子貼了不少他手繪的女人圖像，本國影歌星，以及喊不出姓名的洋妞，個個栩栩如生，可見天賦異秉之一斑。

看過這些畫的人都以爲他的心情豁然開朗起來了，從此再也不會以女友兵變殘虐自己。

讓美女畫像躍然紙上，這種忽然轉變的奇異心理，正和他變得喜歡用沉默不吭聲以及對失戀一事不予答辯，前後相呼應；也就是說，搞到最後，還是沒人看懂他到底安著怎樣的心。直到某一次，有人見他把幾位號稱軍中情人的偶像女明星，潦草畫在草綠色內褲上，遂而忍不住好奇問起緣由，他倒一點也不避諱的答稱，他把不討厭的女人畫在圖畫紙上，把厭惡的女人畫在內褲上。

關於這種無法自抑的胡鬧作爲，實在讓人難明情由，他則理直氣壯說道：「把清秀佳人型的女孩畫在內褲上，無非要臭死他們，我討厭自許清秀佳麗的女孩。」他仍不忘補上一句：「表面清純的女孩不牢靠，跑得快。」

知道他生活狀況的弟兄都很清楚，他根本不穿草綠內褲，他討厭草綠色，尤其討厭以草綠爲底色的任何繪畫，有人甚至暗指，他平時根本不穿內褲，穿綠色底褲，是他口中所謂：對美的最大污辱。

有人稱他這種移情洩恨，其實就是報復心理作祟，部隊裡的人認爲他困在難以自拔的變態行爲裡了，應該儘速把他送進陸軍醫院精神科療養，否則後果不堪設想；他乾脆一不做二不休的跟大家明示，他再也不喜歡女人了。

不過，連上弟兄們都知道，他叛逃的女友，名字就叫清秀。不但名叫清秀，人長得也夠清秀，最重要的是，她留了一頭他喜歡的飄逸長髮。

宮澤理惠的頭

大家傳言，
宮澤理惠的頭很光滑，
是肉狀馬眼的半截式子彈造型。

宮澤理惠的頭

大家傳言，宮澤理惠的頭很光滑，是肉狀馬眼的半截式子彈造型。

他不過是個作戰士官，卻比其他充員戰士幸運，擁有一間獨立而隱蔽的臥房，經常翹過出操和裝備檢查的操練任務。

沒人清楚他究竟憑恃什麼理由或條件，不跟所有同僚一塊住在大通鋪的營房裡，卻遺世獨立般住到離連部有段距離的營部辦公室臥房。

特權的私欲行爲到底怎麼發生，實在找不出合乎常情的理由明言其中奧妙，縱使有人可以例舉出千萬個合情合理或合法的證明，拿來指責部隊在權利和權力的分配上不公平，也絕對沒人理睬，特權之謂特權，即在它特殊的人情世故，以及不可言喻的利益關係，相互牽扯。所以，關於一個作戰士官擁有一間私密房間，即便不足爲奇了。

自從他那個名叫清秀的女友兵變之後，據傳他的房間裡同時住了許多女人，許多不穿衣服的美女。

到過他房間的營部傳令兵說，那些美女清一色日本貨和美國貨，他只識得其中的宮澤理惠。

把裸女的海報張貼在房間四處，不怕營長查房撞見嗎？他的特權使他不必擔憂受怕，在部隊裡面，能夠操控勇氣獨享別人沒有的特權，是一種美德，更是一種藝術！傳令兵說，他的房間很像妓女戶，充滿腥臭味，他根本懶得替他清理。

傳令兵又說，某天早上，他奉命到作戰士官房裡，向他拿取作戰計劃資料，敲了半天們，沒人相應，他見房門沒上鎖，便逕自推門走進去，不巧卻看到一幕不該看，也很難看的畫面，實在羞死人了。

傳令兵結結巴巴形容道，這個長相英俊的作戰士官，光著膀子睡覺，短短窄窄的黑色三角褲裡面，塞了張半隱半現的裸女畫像，那張裸女圖正是他熟識的日本影星宮澤理惠。傳令兵說，他看到士官的兩隻手同時斜插放入底褲裡，一手扶著裸女圖，一手握著伸頭探出到內褲帶外面硬挺的半截寶貝，一副好夢未醒的淌著口水。

所以，他正巧看見宮澤理惠的頭和士官小寶貝的頭貼在一塊。

轉眼之際，宮澤理惠忽然成爲營區人人爭相傳頌的夢中情人，她的寫眞集則暗潮洶湧的成爲阿兵哥休閒時間，大家相互傳閱的課外讀物。

不過，大家還是比較喜歡傳言，說宮澤理惠的頭很光滑，是肉狀馬眼的半截式子彈造型。

夜半哨所裡的情人錄音帶

大家暗地裡還是謠傳他這個特殊的癖性，
異於常人。

夜半哨所裡的情人錄音帶

大家暗地裡還是謠傳他這個特殊的癖性，異於常人。

阿兵哥在營區內輪班站衛兵，不似外島那樣充滿令人戰戰兢兢的戰鬥意味，可是無法一覺酣眠到天亮的夜半值哨服勤，好像夜的守護神，任務變成例行公事，許多人沉湎於莫可奈何的恍惚之中，既覺輕蔑，又感到頹喪無辜。

毋寧這樣說，眼前既沒有戰爭發生，只有營區內軍人生活訓練的戰果演出，每一天荷槍巡邏、站哨的劇情勢必得逼眞表演，演給所有巡查的部隊長官評鑑，使人迷惑的是，平時當戰時看待的戰事，不僅事事乏善可陳，還顯得無聊至極，有時甚至得耽心查哨的巡防官，在哨所旁的彈藥庫外牆上，用一張大大的白紙寫上紅紅的「爆炸」兩字，防不勝防的張貼於庫房門口，假想敵的演出劇目，即使演技欠佳，就毋怪那可有得罪受的軍法審判。

夜半站哨不是滋味，荒郊野地的冷風颼颼得人心惶惶，如是躲進哨所內避風，又恐怕被巡哨逮個正著，關入禁閉室「修養」，滋味更不好受，夜是早到的恐懼，縱使偶來明耀月光陪伴，仍沒哪個阿兵哥眞心喜歡夜半站哨。

自從宮澤理惠的頭跑出來，這則聽似很不名義的事件傳開後，使人難以招架是非曲折，令他驚覺到擁有特權絕非好事，他開始接近同僚，並且主動要求把自己納入班兵站哨行列，怪就怪在他偏愛選擇夜半二點到四點，這段人人畏懼喊怕的壞班，他獨喜歡輪值站夜半哨所的刺激感受。

他眞是喜歡夜，夜晚彰顯的意象，忽然像不經意下跑出來的美那樣，瀰漫原始的人性本質，或者可以這麼說，這其實跟他喜歡獨處的本性有關，雖然顯得有些古怪，不過，大家暗地裡還是謠傳他這個特殊的癖性，異於常人。

直到有一回，接替他哨班的四點至六點的衛兵，從他不小心留置在哨所內忘記帶走的一本個人記事簿，隨筆紀錄的站哨點滴心得，大家才恍然大悟關於他喜歡站夜半哨班的確實理由，這次的事件，再度讓他成爲大家嘖嘖稱奇的怪人，他的記事本如此記載著：

四月六日，星期二

「站半夜二點到四點的哨班，我可以盡情做我在營房裡不方便做的事。」

「偷偷聽Walk man那一捲依依呀呀的成人錄音帶，每次都有令人亢奮的衝動，不過心裡仍會擔憂查哨的人不期而來。」

四月七日，星期三

「右手放入褲袋裡搓揉的感覺超棒，錄音帶裡那個女人的哼唧叫聲，使我有足夠韻律感，瞬間解決我的生理需要。阿斌問我，平時不愛穿內褲的人，一下子買那麼多條做什麼？他實在多嘴，我怎會隨便向他坦白我內心的需求呢？」

四月八日，星期四

「今晚天冷！打得不爽。」

他眞是運氣欠佳的人，一連幾次事件，都讓他無端成爲連隊最受矚目的人物，哨所聽情人錄音帶，虧他想得出來這種好笑的花招。

不曾見過沉睡的水井

唯有這個季節才有機會看到這幕
龍鳳交雜一身的青紋裸體。

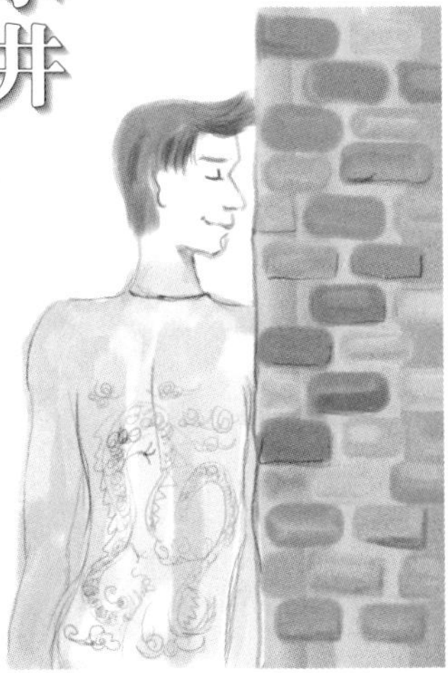

不曾見過沉睡的水井

唯有這個季節才有機會看到這幕龍鳳交雜一身的青紋裸體。

不曾見過沉睡百年的水井，水井在古老時代，留有與人類共存共生的許多傳說。

現代社會，不再需要水井供做汲水的工具，現在的水井只用於懷古和灌溉使用。

就說海防營區旁那口農地水井，男人騷動慾念的故事吧！

部隊奉命移防到北台灣某海邊軍事基地，駐守海防初期，因為地處偏遠，交通阻隔不利，阿兵哥外出行動委實不便，不單是休假日出營區要走上一大段路，才能在柏油馬路上找到公車站牌，搭往市區；晚上散步假，海邊蕭瑟的海防區遇不著幾戶民家，燈火黯然，營隊同僚在漆黑沉寂的海邊營房，除了聆聽波濤高攀湧起的海浪襲擊聲，即便是蟲鳴鳥叫的空茫聲息，大部分人習慣不知道上哪裡消磨時光，一如酣睡中的水井，靜靜沉在營區旁的農地上，與黑夜同眠。

佔地不大的營區，一個營隊百餘位官兵駐紮的地方，僅一間大約可容一次四、五十個人淋浴的澡堂，逢到夏季，澡堂內擁擠的人氣、汗味、腥味，加上濃烈燠氣，洗個澡有如悶在化學實驗室，百味雜陳。

營區與臨近百姓農地相銜處，留有一口原爲供應農地灌溉使用的古井，不知道從哪時候起，讓人給用一個人高的竹籬笆圍向海防營地這邊過來，阿兵哥利用黃昏操課結束，到井邊搶時間洗澡的風情，不僅成爲營區一大勝景，就連附近耕地的農人也見怪不怪，視若無睹。

曠野水井邊洗澡是不被允許赤身裸體，阿兵哥清一色著一條各形各色內褲，圍在水井邊，汲取一桶接一桶的地下水，大剌剌淋浴起來，一時間，水井邊的男體以性感者的氣壯之姿，透出濕淋淋的飽滿體魄，在黃昏晚霞的輝映下，營造出一幅潮風吹送裸男的養眼圖。

有一班來自汽車保養廠，專責維修軍車的弟兄，偏是一群身上刺滿龍鳳青紋的道上班兵，不知道爲什麼，這一班獨來獨往的弟兄，總跟別人不一樣，穿著滾有蕾絲邊的女性透明絲質內褲，一派目中無人的聚在那裡，邊沖澡邊談笑風生，一點也不在乎橫溢眼前露骨的下半身，經過水淋，那根透濕的話兒顯明的突現景象。

是夏天，唯有這個季節才有機會看到這幕龍鳳交雜一身的青紋裸體。

農地田間，但見一位長得標緻的中年女子，日日荷鋤除草，出入其間多時，早已無視黃昏井邊這群阿兵哥沖涼的嬉鬧笑聲，只逕自辛勤工作，可那群青龍弟兄，若遇上中年女子出現眼前，即便刻意揶揄那身經過井水濡濕的肉體，在竹籬笆外走動，掩以一種嬉皮笑臉的表象之姿，意圖煽逗那名中年女子的注意。

中年女子始終沒加理會，自顧自地辛勤勞動。

夏日燦爛陽光深藏的男性肉慾，不斷從那濕透水色的女用內褲裡，清清楚楚形成肉慾的粗暴印象，海邊寬闊的領空底下，橫陳一群無知的暴露狂者，正以熱氣蒸騰的夏日氣燄，騷動違反質感的肉身慾求，彷若沒人有能耐嚴厲指控那樣，輕意掠奪旁觀者的無助眼神。

原以爲不會採行任何動作的中年女子，有一天，竟在那群青龍江湖客猝不及防下，不疾不徐從工作袋中，拿出一部傻瓜相機，將焦距對準幾乎裸露全身的五名保養廠的二兵，卡嚓一聲。

這五名青龍散兵非但裝作若無其事，更且變本加厲，擺出急欲扒下內褲的輕薄舉動，裸身面對鏡頭，一派揚威氣勢。

後來，五名青龍兵在中年女子提出充分完整證物的控訴下，被連長以猥褻之名禁足三個月，同時剃光頭髮，以示警戒。

一次營集合的訓話場合，營長鄭重告誡全員士官兵，嚴格禁止白天到井邊活動，並嚴令禁止穿著「滾有蕾絲邊的內褲」到井邊洗澡。

軍令如山重，短時間裡，未有士兵膽敢穿著粉藍色蕾絲透明內褲在井邊淋浴，但仍見那五名青龍兵不改「英雄本色」，僅改穿暴露型的窄小內褲在那裡騷動招搖。

激情花蝴蝶

他似乎正用自知之明的預謀遊戲方式，
進行一場愛上肉體的猥褻行動劇。

激情花蝴蝶

他似乎正用自知之明的預謀遊戲方式，進行一場愛上肉體的猥褻行動劇。

清一色軍人聚合的部隊，男人之間可以較量的地方多著，體力、戰技、威猛等，無一不是刻意展露生命原本即具有的驚人力量。

這是他生平第一次接觸到如此密集的男人，他渴望從衆多男人中表現他形貌與學歷的特色，他以自己優越的長相爲豪，也以擁有高學歷自居，可是卻犯了部隊生活的大忌。

儘管他的相貌果眞爲全營弟兄最出衆者，其實也不過是一張英俊的臉孔夾雜在一群普通形貌的軍人之間，所造成的短暫印象而已，雖然他的體魄特別健壯，穿起草綠色制服格外顯露男性英挺與壯碩的充實氣派，不難想像對他滿懷仰慕與嫉妒的人，絕不在少數，但他這種來自趾高氣揚的優越感，似乎隨著那股傲氣而成爲許多人不屑之處，也就是說，當他的優越成爲他以爲的特色時，其實暗地裡反而愈加使他被大多數人孤立起來。

部隊豈能容許一個具有極度優越感的人存在，長相或者學歷，都不會是表現他特色的依據，他會被孤立是因爲他不甚了解部隊生態，他做不到穿上草綠服之後的男人都該是沒有自尊、沒有個人，僅留唯一剩餘的聽命行事，話雖如此，他依然恣意在自以爲的優越裡我行我素。

就說穿著這件小事吧！

自從井邊蕾絲事件發生後，部隊長在中山室佈告欄上，一再三申五令，規定弟兄們的內著，一律穿草綠色ＢＶＤ內褲，他這高等生硬是不鳥那些規定，每次洗澡時，總見他一個人穿著大紅子彈型內褲，花蝴蝶似的在澡堂裡面飄來飄去，一付唬人沒穿過那種款式似的；已經是什麼大時代了，難道他沒瞧見過保養廠那幾個青龍二兵，都穿著那款鑲蕾絲邊的女性繡花內褲嗎？人家可前衛得多大膽，光憑他那條子彈內褲，能跟他們較什麼勁？

星期天假日上午，他同幾位死黨弟兄到澡堂洗澡，放假離營前，先洗個痛快澡，是充溢軍人也有清爽俐落的優質一面，他那天竟然膽敢違背上級指示，穿了件透薄的蠶絲白內褲，內褲裡面的鳥東西，形體模樣顯明到令人一覽無遺，招惹澡堂裡的阿兵哥，眼珠子不曉得要往哪裡擺，只好將就以偷窺者的殘缺心態，微妙盯著他。

他似乎正用自知之明的預謀遊戲方式，刻意彰顯自己與衆不同的粗鄙行爲，以及象徵優越體格的野性意識，進行一場愛上肉體的猥褻行動劇。

塗抹一身乳液後，看他全身泡沫滑不拉幾，搓揉之間，他的右手反射性的在下體上來回游移，一種既像活脫要洗它個白淨，又像身體失去平衡一樣的用左手緊緊扶在水槽上。

喲！有人發現他不是在搓澡，他正趁便利用泡沫濡滿全身之際，掩人耳目，一逕自我陶醉的在大澡槽下緣，遮遮掩掩的自我猥褻起來。

純然無瑕的障眼表演，他臉上的表情快活得賽神仙一般，不過，在場的弟兄都看得出來，他那魚目混珠的乳液泡沫裡，混雜著如許令人作嘔的白色液體，這自瀆的行徑，無非男人少見僅有，在公衆場所表現豐沛生命力的不恥宣洩行爲，但他卻不計可能招致譴責的危險性，執意衝破。

一片嘩啦啦的沖水聲中，依稀可見他嘴裡吐納著一兩聲嗯呀；同槽洗澡的幾位二兵，見不得這種淫蕩的自瀆舉動，匆匆擦乾身子，套上衣褲迅速離去。

最後的澡堂，只留守著看似替他護航的三位連上弟兄，陪同他緩緩沖掉短暫激情後的殘渣。

危險男人香

仁傑彷彿也緩緩陷入情慾的火燄中，
任由他全身上下輕柔觸動。

危險男人香

仁傑彷彿也緩緩陷入情慾的火燄中，任由他全身上下輕柔觸動。

部隊放假的某個星期日，他邀班兵仁傑一同從桃園回台北住處，僅止一天的假期，仁傑肯定無法桃園屏東兩地立即來回，到台北玩，形成一種新的夢幻意義。

很久沒上台北了，台北的一切顯得十分陌生，仁傑喜孜孜地把自己導入非常軌的意念狀態中，能暫時脫離部隊緊繃的操練夢魘，尋求單純的一時快樂，總比窩在營區，看海是海，看綠是綠，的確要來的生動些，既要加強對於離開現實而嚴厲的營區，避開二十四小時的嚴肅心情，然後退縮到可以棄擲不安的台北城，仁傑承認這是美麗的逃避。

簡單而迅速換回一身便裝，仁傑抱著憧憬似的簡明熱望，跟著歐修羅搭公路班車北上。

母親這星期正巧到日本旅遊，台北的房子空著，兩個人隨意吃完午餐後，他提議下午到豪華戲院看洋片，仁傑不表任何意見，只強調，希望先讓他沖個熱水澡，好把阿兵哥身上的草味洗掉，然後拿心清身明的精神，去看場舒適的電影。

他非但不加反對，反而要兩人一起快速洗戰鬥澡，免得拖晚，必須改看四點的那場戲，這樣一來，恐怕玩的時間變少，也趕不及回營區。

那個鳥營區，九點過後的公車如數掛掉，就再也沒有其他可取代的工具了，設若趕不及最後一班車，後果難以想像。

說完，兩個大男生瞬即毫不遮掩的脫得一絲不掛，衝進浴室，扭開水龍頭，嘩啦沖洗。

在部隊待久，跟男生一起在澡堂洗澡，合該已是一種必然的習性，然而，當兩個正值血氣方剛年紀的大男生，擠在公寓窄小的浴室淋浴時，嬉笑打鬧反而容易顯露曖昧難堪，確信同性的兩人解脫掉身體的束縛之後，意欲產生的幻想便升高起來，難免湧生引起的情慾挑動，將會連自己都無法控制。

他嘲笑仁傑的屁股肉少，卻要仁傑替他擦背。香浴精沁鼻的陣陣香味與滑嫩的泡沫，濡滿兩個男生碩壯的身軀，年輕的肉體正值結實健壯，無疑是青春綻開如烈陽般的陽剛之氣，散發而來的體味，當滑嫩的泡沫交疊在兩人豐腴的肉體時，情慾火苗頓時以暗示的姿態灼燃起來。

他回轉身來，輕輕撫摸仁傑的胸部，用他柔順的右手貼近二十一歲的誘人胴體。這是從愛慾底層冉冉升起的一種難以抗拒的誘惑，仁傑彷彿無力推拒，緊隨他煽起的慾苗，緩緩沉入情慾的火燄中，任由他全身上下輕柔觸動。

年輕男性的肉體，正是青春唯美的表徵，那是仁傑首次委身在白色泡沫下，情慾被觸動的奇妙感受，緊閉雙眼，似陶醉又似稍稍迴避的讓他將整個身軀擁入懷裡，濕滑的肉身一時之間貼得緊密，而仁傑也迎出雙手，緊緊環抱住他堅細有緻的腰身，他的腰，美得精緻，倒三角的肌身，是不折不扣的美男身段。

凌駕一切寂靜的深沉時刻，仁傑被他抱得更緊。

他巧妙地藉由滑濕的浴乳，騷動兩個男人愈發堅實的肉體，溺沉在不曾有過的激情中：那紅豔般的唇色，正發散一團烈燒的高昂慾火，使他身不由己的貼向仁傑，四片紅潤的唇舌，交織出一片熱燙。

仁傑被他強而有力的慾動逼退到牆角，兩人糾纏在一起，小小浴間裡，連串發出兩個男生出力的淫蕩聲、喘息聲，以及肉體在牆壁、地板磨擦發出的滋滋聲。

一陣翻天滾地的激浪之後，浴室片刻之間聽不到任何聲響，他和仁傑正草草收拾殘局。

之後，嘩啦水流即刻又充滿整間浴室，兩個大男生的淫笑聲，不斷從門縫傳出。

他告訴仁傑，這一場電影肯定看不成，下一場，算了，他說，乾脆留在屋裡，他想告訴仁傑一些他的故事、他的過去，以及他所認識的仁傑。

仁傑說，他也想跟他聊些關於他在屏東鄉下的成長故事以及愛的經驗。

水聲激洩過後，他們相互摟著彼此的裸身，走出浴室，徒留濃重的水霧隨後飄溢。

他們算不算是一對戀人

大專兵到營長那兒「參本」，密告連輔導長是同性戀者。

他們算不算是一對戀人

大專兵到營長那兒「參本」，密告連輔導長是同性戀者。

新來乍到連隊不及二個月的年輕輔導長，憑著清秀外表以及談吐不俗的舉止，贏得不少班兵對他充滿好感與尊崇。

像小說人物般謎樣的身世，許多人私下紛紛議論起輔導長不為人所知的出身背景，盤據在這些好事者身上的答案莫衷一是，紛紜雜亂，有些人想以某種杜撰的故事來代替他們無法獲得的資訊，但相對的資訊又非常貧乏，使人不得不開始懷疑，對於一個被擁戴和喜歡的人，為什麼需要用這種無聊的方式意圖獲取對方的私密。這絕對不會是征服冒險精神的共鳴，沒哪個人願意這樣被莫名其妙的猜疑，就算他來自**FBI**，充其量都是為了當兵這個麻煩的義務役問題罷了。

不過，逢到休假日，極少看見他離營外出，鎮日深鎖房內，倒是引人側目。

連輔導長對弟兄的生活輔導極表重視與關心，不時可以發現他常在輔導室裡開導表現沉悶或者行爲怪異的弟兄，他言詞清晰、條理分明，很能把人生道理說得精邃不已，令人不禁讚嘆他的幽深內涵。

不久，新一梯隊的充員兵分發，連上新加入一批菜鳥兵，其中一位長得英氣逼人，十分俊帥的大專兵，常常因一些莫名的事端被叫入輔導室，起初，大家還以爲這一名大專兵問題特別多，需要再教育，然而，事情根本不是如大家想像中那般單純，這位輔導長室的入幕常客，竟成爲輔導長休假時唯一的伴侶。

自從這名大專兵出現連隊之後，原本難得踏出營區的輔導長，也開始著便服外出了，大專兵總是陪侍在側，兩人走路談天的模樣，活像一對情人。

是的，他們眞像一對甜蜜的戀人，只是僞裝得神不知鬼不覺而已。

兩人好合的事惹起原先好事者又開始私下謠傳，說他們曾在無意間，窺見到大專兵跟輔導長在房間裡，做肌膚之親的事，兩人赤裸擁在一塊，像團火球般在床第間滾浪。

沒有證據的事是不能隨便說的，人家可是輔導長呀！老兵奉勸大家說：「干卿底事」。

不過，那名長相俊美的大專兵，常常經由輔導長特別准假外出的事，已成不爭事實，據傳，每次大專兵銷假歸營時，總會附帶給輔導長帶來洋酒之類的貢品；還有人說，連輔導長用的日本牙膏、化妝水、進口絲質襯衣等日常用品，大抵都是大專兵從台北精品店特地買回來的。

那麼，這名大專兵到底是何等人物，竟能在短時間裡博得輔導長如此青睞與寵愛？這其中必有某種不爲知的祕密所指使。

後來又有人說了，大專兵在讀書期間即是個同性戀者，是台北同志酒吧圈出名的大帥哥；同志歸同志，入營期間，他倒凡事出落得沒任何跡象可尋，跟連上弟兄相處，宛如四海兄弟一般，頗得人心。

不知道什麼緣故，有一回他緊急向輔導長請假，結果出人意外的沒被批准，箇中玄機，外人難能窺其堂奧，只見他神色憤恨的在洗手間裡，向其他弟兄嗆名輔導長種種不是。

這幕錯亂的請假未准事件發生之後，大專兵跟輔導長之間的微妙關係，簡直像戀人吵架一樣離譜，單憑晚點名時，輔導長會特別挑名他莫須有的過失，即可窺見某些原委端倪。

大專兵不過只是甫進營隊不及三個月的二兵，不能頂撞長官，不能武力相向，簡直奈他莫何。

沒隔多久，營部傳令兵暗地捎來訊息，稱連輔導長將被調職，調到外部單位；消息中還透露，據說是大專兵到營長那兒「參本」，密告連輔導長是同性戀者，公然在輔導長室沾辱他年輕、純淨的身心靈。

老兵說，不知道他們算不算是一對戀人。

海角失樂園

當粗野的男人被圈繫於一無人煙的曠地朝夕相處，
是不是很容易發生這種愛慾交疊的禁忌遊戲？

海角失樂園

當粗野的男人被圈繫於一無人煙的曠地朝夕相處，是不是很容易發生這種愛慾交疊的禁忌遊戲？

馮神秘兮兮邀約他這個星期的休假日，到台北林森北路一家 PUB 開眼界，馮說：「你會有興趣的。」

馮和他是知心戰友，兩個人雖然來自不同縣市，卻是前後期被分發到海邊這個海防部隊。成大化工科高材生，相貌俊挺，人稱杜德偉第二，卻偏好結交男性朋友，因爲特殊的軍事專長以及職務關係，他個人住在離營房一段路的海邊碉堡，據稱這個碉堡佈滿神祕傳聞，傳言鑿鑿，而究竟如何神祕，沒人能說個精準。

馮從家裡搬了一部十八吋的電視機及放映機，暗藏碉堡一隅，他喜歡深夜晚點名結束，窩在堡洞看男男影片。馮起居的碉堡離營房有一截距離，鮮少有人會在晚點名後，大老遠走到這裡，當然，也因爲去的人不多，所以，他可以明正言順讓獨自擁有的小碉堡，成爲個人私密性極高的行爲享樂天堂。

他的床鋪底下，塞了不少裸男寫真集，這些都是他撫慰苦悶軍旅的精神食糧。

馮從不任意邀約別的同僚到他那座私密碉堡，他只讓自己內心深處無法彰顯的另類情感，沉埋在碉堡深夜的激情宣洩裡。

他耗盡每個月微薄薪餉，大肆郵購同性戀影帶及書刊，彷彿唯有透過視覺映象，才能暫時抒解他人在軍中的寂寞情愫。

紀律嚴格的軍營，他不能膽大妄爲的表露情感傾向，雖然營區清一色男人，卻不好輕浮到隨便找個阿兵來愛、來相思。

提到相思，大學唸書時，他即曾死心塌地愛過他校某個俊美男子，相處過一段甜蜜恩愛的兩人歲月後，對方卻以個性不合爲由遺棄他。

被遺棄後的他，並沒有種下任何像報紙社會新聞描述的同志情殺，或同性報復的歹念，他把過往那段必須偷偷摸摸進行的男男相戀相愛之情，留做記憶中淒美的相思。

相思，眞是哀怨的無盡心痛。

不論馮的情感性向如何，因爲爲人海派，加上長袖善舞的交際手腕，使他在部隊中成就爲討喜的角色，那不僅緣由於他爲人處世自有一套俐落原則與方法，就連排長也對他疼愛有加。

這名出色的排長，簡直是極致男人的標竿，體格魁梧，發號口令時，聲聲鏗然有力，在隊伍前面，他的一舉一動都如訓練有術，渾然天成的英雄一般，那男人特有的英勇魅力，不時從他炯炯有神的亮眼中散發出來，且以勾魂懾魄之姿，展露無限英挺氣概。

或許是英雄惜英雄吧！排長對馮的喜愛，滲雜些許男人與男人之間微妙的孺慕之愛，尤其當他對馮講話時，那雙勾魂的眼神，彷彿早已把馮的心扣得死緊。

就讓他扣死吧！寂寞靈魂的馮，甘心情願成爲排長眼底的情感愛奴，他無辜又惹人憐愛的求助眼神，常常和排長致命吸引力的晶亮眼神，在空中相視纏繞，纏盡千年情絲，繞不完萬般愛的澎湃苦楚。

俘虜呀！兩顆青春男人的心，正被慾火裂裂焚燒。

某一天深夜，歐修羅剛站完子夜十二點到兩點的衛哨，正一路疲憊往營房回走時，正巧望見排長走進馮的碉堡，一股強烈的好奇心趨使他急欲攏近。

站在碉堡鐵門外約莫五分鐘，他清楚聽到排長和馮兩個人相擁後發出的陣陣激情淫聲，兼而流瀉出咬吻的滋滋聲；深夜的海風混雜著他們連串急促的呼吸聲，使得這座碉堡像座火爐般，燒著兩個男人摟抱相愛的綿綿烈火。

他感到碉堡很燙，彷彿從碉內飄溢出來的慾火，也快將他一併燒融。

他輕聲慢步握著槍，頂著千斤重一般的鋼盔，走離碉堡。

那是人家的私事，他想；卻不時以蜷曲心情回頭探視覆蓋僞裝網底下，那座烈火正燒的碉堡。

馮和排長自然不曾警覺到他們裸裎相擁在馮的床鋪時，碉堡外正有一名好奇的窺伺者，以一種憐憫的心情，想像他們究竟在碉堡內做些什麼暗夜劣行。

排長是海防營區的作戰長官，作風開明，性情坦蕩，擁抱馮時，慾海乾坤完全任由他掌控，他吻咬馮，深陷得像個情場老手，只見馮攤在他堅實硬挺的胸懷中，隨他愛撫玩弄。

青春肉體在年輕軍人身上，分明如純美無瑕的藝術極緻品，散發著連神都會嫉妒的揚揚魅力，尤其那個排長，上天賦予他結實的肉身，幾乎像經過鬼斧神工雕琢過，以至美至尊的雕塑模樣，眞眞實實裸裎在馮的眼前，他抱住排長的裸身，狂吻他全身每一吋華實肌膚，他渴望時間就此停止，他要永遠抱著排長雕像般的肉體以及他的愛。

深情擁抱著一副堅實的肉體，馮早已在翻雲覆雨的激越中，宣洩一床悸動與滿足。

一夜浪擊岩石，水花濺濕岸邊不言不語的海天星辰。

第二天，排長早點名時表現的神色，光采奕奕，話不多，卻笑容滿面；而馮更以朝聖般的心情，從隊伍中望著排長迷人的優雅氣魄；這時的歐修羅，更不時專注凝視排長以及馮的臉部表情，他像握住玄機似地，老把眼光放在他倆身上，就連排長發號什麼解散口令，他腦筋始終一片空白。

寂寥的海防基地，當粗野的男人被圈繫於一無人煙的曠地朝夕相處，是不是很容易發生這種愛慾交疊的禁忌遊戲？

所以，當馮邀約他利用部隊休假日，一起到 PUB 開眼界當兒，他旋即不疑有它的答應下來，他想深刻探尋，男人與男人之間的愛慾情結，何等神祕隱晦？

當然，馮完全不清楚他已然洞悉碉堡內，某夜發生的男男情事，他不想說，也毋需點破，這是馮的隱私，他沒道理扮演一個惹人煩的多嘴婆，盡說些干卿底事的人是人非；也或許馮根本不在乎別人用怎樣的眼光看待他的情感性向，否則他必不會輕易讓他進入他的密室，一起看影帶，以及談些對同性戀的觀感。

他認爲馮擁有一般男人少見的溫柔，凡事先考慮別人，不造作，這種眞心眞意待人的好性情，何需在意他愛的是男人或女人？

去PUB那天，馮穿著一件粉紅長袖襯衫，下搭新買的黑色窄管牛仔褲，套上長筒皮鞋，配以短髮，看上去多了份帥勁，一點阿兵的矬樣全無。

下午三點，PUB 裡的來客不多，大約三桌人，微黯的燈光下，不易看明對方的清晰面貌，朦朧中也僅能從樣貌看出些長相端倪，許是昏黃燈色的關係，在那裡出入的每個人，看起來都飄散一份微微的迷濛假象美。

馮和他選定牆角坐下，各自點了杯調酒，馮燃起一根煙，靜靜注視前座被裊裊輕煙抹淡的三兩年輕男子。

那些男子看來約莫二十來歲，長得眉清目秀，舉止斯文，儼然柔情女子的化身。

馮告訴他，來這裡的人都很和善，大廳絕對看不到任何粗魯或不文雅的動作，還說，如果要搞肉體關係，他們會到後面廁所，廁間很寬敞，牆上貼滿誘人的裸男海報。

馮還說，他曾在這裡巧遇營隊兩名弟兄，彼此心照不宣，不說出去，誰也不礙誰。

坐在牆角，他並未表現出無奈或任何驚異的態度，他看著其他桌次的男子談笑風生，覺得了無趣味，本以爲在這裡可以見識到男人當場接吻或其他；馮卻說，晚間時刻，一旦人潮多了，難免會有人擺出挑逗動作，甚或當場擁吻。

讓愛慾在朦朧昏燈下進行，果真神祕怪異，這群見不得光的孽子，真是夜的精靈。

就在他放任思忖不解之際，不經意發覺馮正以一種呆滯眼神，望著剛從廁所方向走出來的一對男子。

他驚覺到其中某男子的身影十分熟稔，大紅的長T恤，魁梧有致的體格，專注眼睛看著，咦，那不就是排長嗎?心裡冷然的顫慄起來，糟糕!他也來這種地方。

如坐針氈的讓他全身不對勁起來。

幸好排長坐的位置正背對他和馮，索性低頭猛吸麥管，佯裝若無其事。

馮的神色忽然一百八十度大逆轉，他兩眼直視排長摟著身旁那名美男子，從廁所方向走回座位這一路，眼睛眨都不眨一下，僅任隨它泛著淚光，在眼眶間止不住打轉。

很想馬上把馮帶離開。

黝黯的斗室，煙霧裊繞，張學友的情歌，正低聲柔情的流旋在一間不安的心房裡。

當他看著排長親熱的將臉頰貼進身旁那名年輕男子的背影時，輕聲告訴馮，走吧！

是，該走了，馮強忍著淚水，和他在付過帳後，悒然離去，徒留排長那一身鮮紅，在晦暗的燈光下，開出一朵冷艷玫瑰。

玫瑰多刺，是的，他是多刺玫瑰。

走過愛的冰河

不假思索，他迅即剝光全身衣裳，滾著一團火球，穿過千年冰河，緩緩走向杜。

走過愛的冰河

不假思索，他迅即剝光全身衣裳，滾著一團火球，穿過千年冰河，緩緩走向杜。

那個叫杜天德男子的名字，曾如此狂熱流過他的心房，滲入他血脈深處，使他迸發出不可抑止的思念，然經過防空壕海灘一晚的纏綿激情之後，杜那熟稔的名字儼然成爲夢影，時刻纏繞著心，使他一想到這名字，即墜入無法克制的矛盾中，美麗而哀愁。

那一夜，營測驗結束後，連上弟兄帶著疲累身心回返營房，同營服役的杜，邀他到處理公務的防空壕飲酒，說是要藉酒解放心情。

這不是他第一次和杜一起喝酒，卻是頭一回和杜單獨離開營房吵雜人群，到防空壕相聚。

營測驗結束後，每個班兵均呈現情緒紛亂的慵懶姿態，經過這場沸沸揚揚的戰鬥測驗，他急欲跳脫幾近使人身心不安的零亂局面，毅然決定跟杜避開營房人群，趁著午夜時分，到防空壕暢飲一番。

從部隊移防到桃園海邊的海防基地以來，他即暗地喜歡杜，尤其杜那張充滿迷離美的臉孔，配上一副魁梧健壯的體格，以及令人激賞不已的研究所學歷，愈加使人狂迷，他用狂迷來形容對杜的感覺，杜還曾大方略表同意，十足對自己的一切充滿信心。

在杜辦公兼睡覺的大型防空壕飲酒的那一夜，他對杜談及那份特殊的曖昧感覺，杜不僅未予反制，反而認爲流竄在自己身上那股對感情曖昧的態度，正是他對愛情相愛卻無法成爲相處的最大障礙，他用如履薄冰上的驚恐心情，看待自己對於曖昧感情的心態，這樣說吧！他坦然告訴歐修羅，他心裡面愛的情愫，曾在男與女之間交戰過，既愛女性的溫柔甜蜜，也愛男性的粗野孔武，這種叛離人類傳統與制式的愛情觀感，曾經導致他背離難以成就自我的遁逃到孤獨的心靈密室，不想與人交往，只想一個人過著孤寂生活。

他確信自己得了精神妄想症，妄想一個人的世界才是理想王國。

可是軍旅生涯卻瓦解他理想王國的美夢，他依舊得經常跟許多袍澤一塊出操、一起生活。

那一夜，防空壕外的海風很適意，他們喝了幾杯陳年高粱，神氣越加陶醺飄蕩起來，杜提議到防空壕後方的海灘游水，他笑他，夜晚的海水豈能容下兩個熱情男人的旺盛活力，杜不等他把話說完，隨即將身上唯一穿著的黑色底褲褪掉，衝出防空壕，一點也不耽心被人撞見，便赤身未掛坐進涼涼的海水中。

第一次用迷濛的醉眼看到杜的裸體，他的血脈不自覺地沸騰起來，那每一塊肌肉勻稱與結實得如經過雕刻刀削修過一般，散發出完美而又立體的美學奧義，那是男性力和美的天工之作，是無與倫比的男體藝術品。

怔怔望著平躺在被月色濡染無限柔情的淺水灘的這件藝術品，叫他的眼珠猝然燃起熊烈火燄，忐忑不安的心不待理清，旋即被那誘人的胴體，勾魂般吸去，成爲朦朧醉意下的慾望俘虜。

杜要他一起下海，說水是暖和的，他實在沒有心思分辨初夏海邊的水到底是冰涼還是溫和，只想著要不要下海？

他疑慮這一去不就等於是讓自己沉淪到慾望極點嗎？雖然防空壕離營房有一段路程，他仍耽心夜半十二時可能會有弟兄過來，至少，還得耽心會不會有人前來查哨。

杜堅決地說，沒人會在半夜裡到這個鳥地方來。是啊！一個叫慾望陷阱的鳥地方。

雖然醉意飄浮，他仍清楚，如果此時躍然下海，準會被杜那身似火般的肉體焚燒怠盡，彼此相似的愛慾情懷，當月色在杜健壯的胴體上渲染出點點耀眼粼光，綴成不朽的美體時，他很想被這種憧憬已久的美焚著、燒著；假定一生之中，能有那麼一次，被情慾相似的同性全然擄去他熱望的靈魂，他願意縱身慾火，滿懷喜悅。

不假思索，他迅即剝光全身衣裳，滾著一團火球，穿過千年冰河，緩緩走向杜，貼近杜。

啓開熱情的心扉，杜迎展雙手，把他擁入懷中，緊密抱住。肉體與肉體契合的刹那，他彷若山崩地裂癱在杜的懷抱，任隨杜溫熱的身軀蠕動。

他的靈魂不僅被擄，當杜那身堅實肌肉緊密的貼住他時，無助的肉身已然被烈焰燒成一堆愛慾交融的灰燼。

杜引他橫躺在淺水灘上，月色柔和得令他呼吸加速，心跳急遽，天地彷佛不停反轉；黯然海天在瞬息間，把他吸入無垠無涯的地心，既深邃又晦暗，令他的肉身強烈感受著被靈魂徹底解脫的飛躍快感。

他聽見杜的呼吸聲和大地氣息糾結合成一氣，浪濤和海風的高吭低吟也混爲奔溢不止的黑夜精靈，海天月色下，不斷翻滾與交疊的兩團人影，與沉寂暗夜的聲息互銜，渾忘今夕何夕的緊密拴入混沌之中。

杜明亮的雙眸在柔媚月色下，利劍般把他的心直直勾了過去，但見血淋淋的靈魂與杜的肉身綿密交纏，而當杜用他火燙的唇舌緊貼著他的紅唇，陳訴一段無聲的慾念時，他知道自己狂迷杜的一切，以及所有內心深藏的愛戀靈慾，已然被杜的熱情徹底征服。

他開始反向吻遍杜全身每一寸肌膚，狂吻，使他有一種絕對擁有杜的滿足悸動，許是慾火猛烈，杜也同樣發狂似地吸咬著他。

兩個男人激情中的肉身交融，是代表著靈魂與感情的結合，或只是肉體享樂的剎那激動而已，不管怎麼說，他終究明白自己，他的心的確已經被杜全部攻堅佔領，並且深切地狂愛著杜了。

這樣的愛戀方式，使他變得異常痛苦，感情動向也跟著愈加無法自主。

淺灘一夜的激情之後，回到營房那幾天，他總是納悶著自己該如何面對杜，很想能和杜再次單獨相處，也想再次與他發生肉體關係，一旦在營區遇到杜時，卻又慌張不自在起來。

這是愛情嗎？世人一定嗤之以鼻：男生怎能愛戀男生？男生又怎能拿另一個男生做情人呢？

或許男生必須依循世俗規範，用情去愛個女生才叫天性，否則就只能將心底最深最莫助的感情隱翳到黑暗角落，成爲難見天日的罪孽。

他知道杜也深愛著他，海邊激戀一夜，加深他認識到自己心底世界的情慾性向，那是杜導引使他顯現自己隱藏內心不知有多深多久的異端情感酵素，一旦坦然發現自己深愛男人，他不表後悔或難過。

可是那一夜美麗與痛苦並陳的慾火交會後，使他更加迷茫不已，說是迷茫，其實應該說是他的情慾被深刻挑動起來的迷戀吧！

至於今天，當他在部隊人群裏望見杜英挺的身影穿梭在營房時，他的矛盾再度深陷。

杜託班兵傳話給他，要他今晚到防空壕去，他感到十分困惑，情緒也不由自主跟著抑制不住，深怕再次被他銳利的柔情眸光擄掠，心裡擺明著很想被杜擁有，卻是意欲難擇，矛盾不堪。其實，杜今天著軍服上營部公辦時，那一身軍人威武的英氣，看在眼裡，幾乎令他胸悶窒息，只是啊！當杜得到他回覆無法前往的傳話後，他早已利用晚間休操空檔時間，獨自跑到防空壕前的防風林，遊蕩了近二個小時。

爲什麼兩個互愛的人不能相愛？難道同性之愛必將永無結果？而人生的結果又是什麼呢？

二個小時，杜清楚他都在做什麼嗎？除了想他、想他，還是想他，他徘徊在異常的掙扎邊緣，想著人世間的情愛，想著人們口裏的道德規範，而那些情愛指向，使他對於杜產生的愛戀情愫，形成空茫的迷離幻夢。

杜牽引他，透過肉體契合，使他勇於進入自身內層的迷惘世界裏，他不再隱藏情感的傾向，卻偏又害怕面對眞實的杜，他怕杜那一身熱，會迫使他將曾經有過的愛戀，幻化成爲短暫的擁有，雖然海邊一夜激戀，確實撼動靈魂的燒著他，但這種來得火熱與激烈的同性情愛，究竟又能維持多久呢？

從防風林凝望防空壕木板門裡面，他清楚看見杜走動的身影，一樣穿著黑底褲的誘人體魄，一樣燦明的柔情月色，此時，杜依坐在床頭邊看書，他在想些什麼呢？

執意不想走進防空壕，是他極力壓抑那急欲復燃的情慾，內心多麼想和杜再次擁吻、撫慰，但理性卻告訴他，愛戀杜，難道只基於第一次肉體相互觸擊所引燃的悸動嗎？而杜吸引他的，除了那一身結實、健壯與魅惑的體魄，以及那張誘人的俊挺臉龐外，還有哪些呢？

靈肉世界不可得知的詭譎自性，讓他海灘一夜所激蕩出來的情慾，迸裂出情感底牌，他實在不能確立自己的戀情如何歸位？

夜深情濃，同樣的午夜十二點，他怕這一進去，必然掉入更沉的慾河深淵，勢將難以拔除，他矛盾與迷茫的思潮，不知如何化解？

今夜，營房那邊的熄燈號響起後，杜會想他嗎？

〔二十五歲以後〕

青春阿修羅的迷惘

莫非，寂寞是一條蝕人不眨眼的毒蟲？

莫非，在他未曾理清的情慾深處，隱藏著強烈的、不可理解的模糊性向，以致讓他不明究裡的陷進不可自拔的慾河之中？

北地早到的春

他肉身難耐的騷動，就像北地早到的春，
似火般從下腹不斷往體內四處，
奔竄燃起，很燙、很不安。

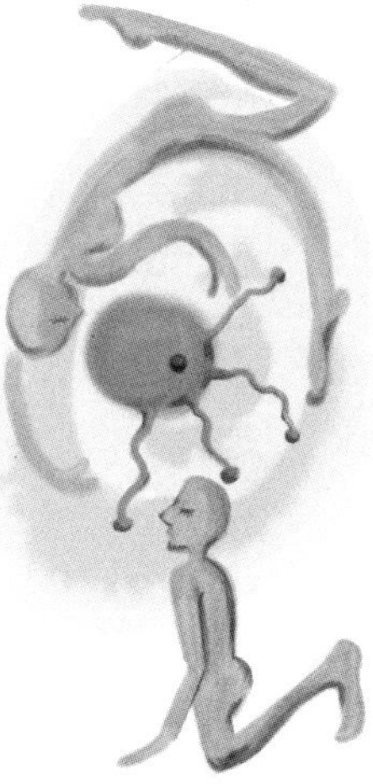

北地早到的春

他肉身難耐的騷動，就像北地早到的春，似火般從下腹不斷往體內四處，奔竄燃起，很燙、很不安。

春的季節，每天清晨醒來那一瞬間，他都昂奮的想到性。

愛人在哪裡？一介單身男子，永遠是雙人床上慾火的飢渴使者，淡淡紫花的床單，因爲空寂而垂掛幾分頹喪，春的氣息，使他在下意識毫無掩飾的幻想，誘引慾念進入想像空間的兩人世界，然後以極樂的變態逸趣之姿，從心底發出自我陶醉與自我滿足的呻吟，一發不可收拾的在雙人床上激越地翻雲覆雨。

薄薄的日光穿透窗櫺，幽雅大方地自微飄的藍紗布間，流蘇般散灑進來，慵懶的古典色澤，大片大片投射到他清晨赤裸的胴體上，結實的青春之軀，高擎他挺起的胸膛與蠢動不已的肌膚，一再擴張成陽光底下，男性優美體格，生動的豐饒姿色。

裸裎上身肌膚，暴露在春天騷動人心的陽光裡，可是曼妙的愛戀滋味，他想到詩人在書頁裡說過的話：北地裡等待不及的春天。

此刻，他肉身難耐的騷亂，就像北地早到的春，似火般從下腹不斷往體內四處，奔竄燃起，很燙、很不安。

明知那是慾火的春色，他卻瘋狂似地寧讓體內灼燒裂裂的熱能，燃遍每一條澎湃血脈，以及每一寸戰慄不已的心房。

雙手緊握熱燙的春情，他的呼吸聲顯然急促不堪，清晨時分，男人肆意擺蕩的慾念神經，的確經不起任何一絲輕撫與觸動。

北地早春的慾火，不似微風傳送溫柔，他亢奮翻騰的情緒，急欲在陣陣騷動的脈博裡，將春色連根拔起。

雙人床上的春陽開始發悶起來，他極盡挑情地單手緩緩褪掉下腹那條短小的紅色遮羞布，用腳擲棄床沿；豔麗四射的紅，正是他腹中慾火燃起的元兇，他愛紅，他喜歡紅色底褲給知覺百般搔弄的痛癢暈眩，那紅，只一點點的紅，便足以讓他雙手緊握春情時，湧起炙熱騰空的快感。

紅，沒幾個男人膽敢將大紅、赤紅、深紅或褐紅的外衫搭在身上，可有許多男人騷於將大紅底褲，緊緊貼在下身，暗裡自我蠢動性感意味。

紅啊！男人體熱的火。

他就這麼深意識的愛著紅，他要用春情的體熱燒遍那紅。

他開始臆想兩人世界的律動，一種原始體操的美麗動作。然而，雙人床上少了個眞實的愛人，他索性懷抱另一只無人靠臥的枕頭，把春天當成愛人的身體，擁吻著。他要讓心底的慾火從每一條神經線末梢迸裂開來。

焚慾的感覺超屌，他腦海裡不斷浮流著活火山從地底無止盡向上噴射的滾燙岩漿，那是慾望撕裂的極致躍動。

他喜歡可以躍動慾念的春天早晨。

他愛春天清晨六點，貼著紅色底褲，用男人的體熱掌握春心，躺在淡紫床單上想像愛慾的無限滿足；做爲一介單身男子，春天的早晨和吹來徐徐春風的暖舖是他釋放青春慾火的情人。嗯！如果每天都是北地不凋的春天，那該多好。

男人一點點溫柔的壞

他喜歡貼著窄小的泳褲，
坐著看人，也走著讓人看。

男人一點點溫柔的壞

他喜歡貼著窄小的泳褲，坐著看人，也走著讓人看。

他喜歡夏日的星期天上午，一個人搭車到淡海去。

每一座海水浴場都是渾然天成的肉體解放營，解放肉體被假象文明束縛的扭捏作態；人們可以盡情用口說無罪的邪氣，拿眼睛貪享陽光底下男男女女或美或不美的身材。

赤裸身子坐臥在人潮穿梭的沙灘上，一邊日光浴，一邊明正言順瞧看穿著極少的女人、男人的裸身，沒人會挑明指陳你是海灘色狼。

沙灘上多的是期待你正眼看她的女人，或男人。

他喜歡戴著墨鏡坐在沙堆上，從假裝看藍天、大海，實則窺視來來往往

的男女曼妙不等的身材。

欣賞男女胴體，眞是夏日海邊一大豔事，他從墨鏡的這一端，一覽無遺的看盡每一個搔首弄姿的人；這些人，有的擺明是來展示新款泳裝，有的曬太陽之餘兼展露形形色色的肉體。

大多數人，希望把皮膚曬成茶褐色，說是健康美。

他穿了件極具誘惑的進口名牌性感泳褲，俊挺的臉龐架著一付時髦墨鏡，儼然大帥哥一個的時而坐在沙灘，時而在人群堆中走動。

到淡海，志不在游泳，要游泳豈能在海邊，他喜歡貼著窄小的泳褲，坐著看人，也走著讓人看。

夏，性與肉體急欲崩裂的季節。

有時，他會意識到不遠處人群堆裡，有某個女孩正用挑情的目光注視他；是看他的身材？還是看他完美的性感泳褲？隨她，他的肉身在海灘耀眼陽光下，是一副傲人的男性魅力，比起海邊水泥橋頭，那一群野人大膽脫去泳褲，極力壓住春光，全身光溜溜伏臥在橋上做日光浴，根本無視來往其間，一般泳客心眼感受的那幾個「肉感」男人來說，他修長有致的健美體魄，以及迷濛的性感眼神，果眞更具挑逗性。

有一回，他刻意穿了條朱紅色窄邊泳褲，大剌剌走上橋頭，在那群赤條條的男人堆中漫步，藍天無雲，亮澄的豔陽底下，只見一個個抹著防曬亮油肌膚的男人，仰頭凝視他在烈日底下魅惑身材的迷人手采。

橋頭騷首弄姿的那群男人，他想，賣肉的吧！

是的，他們像極了伊拉克掠奪者的征服態勢，用青春肉體佔據整座橋頭，一味趴在橋旁之後，恣意脫去泳褲，意圖讓陽光將他們兩團抹了防曬油的臀肉曬成褐色；有些男人甚至轉身正面曝曬，膽敢將小小的泳褲握在垂放於私處的手上，卻始終無法全面遮擋住黑鴉鴉一片的「危險地帶」，顯明可見的茸茸黑毛，花開並蒂似地向四處伸張。

附近的男孩女孩彷彿無視這群裸身男子的存在，只一逕看自己的風景。

裸體的男人，不也是可看的人肉風景？

他心裡納悶著，難道這些人把這塊早被強行佔據的橋頭，當成天體王國的靈肉堡壘？聽人說，橋頭早成那群男同性戀者齊聚分享體魄美姿的天堂。

體魄，豈容用這等曝露的方式賣弄？

他是不屑隨意展露光溜肌身的男人，他喜歡讓一條小泳褲遮掩住敏感部位，他說，那種被小布塊裹住的感覺，才配稱性感；隱約間，自有神祕美感。

那一小塊白白的或是藍藍綠綠的紫紫紅紅的布，遮掩著男人一點點溫柔的壞，他用它做為挑情工具，任你是男或女，終究無法使眼穿透布裡乾坤。

所以，他不像那群裸露主義者，他不在衆人面前，把男人那一點點溫柔的壞，輕意出賣。隱翳而溫柔的挑逗才是他的最愛。

夏日的海灘豈止是個肉體大浴場，許多人濫用陽光引誘人的眼睛，構築身體與性的遐想樂園，他唯紅小布自得意滿，他喜歡貼身的紅色小泳褲，讓自己看起來多幾分男人英挺的姿色。

他喜歡有人從他身旁經過時，用覬覦的眼神發出驚豔的輕嘆聲，嘆他優越的迷人丰采。

一種自戀式的迷惑丰采。

變態私情

他暗自想著，
自己真可成為一流的舞男了，
這等性感的身材。

變態私情

他暗自想著，自己真可成為一流的舞男了，這等性感的身材。

無意間在東區某條巷弄裡見到一家「情趣用品」專賣商店，心裡暗自嘲弄半晌，這在過去，那種把性當成猥褻和不淨的年代，怎可如此明目張膽讓商家把許多相關於性和拿性器官來開玩笑的用品，陳列櫥窗，並且美其名曰「情趣」專賣店？

站在櫥窗外，他好奇的張望著那些包裝得美輪美奐的保險套、情趣香水、性感內褲和男性性器造型的蠟燭；一種難以思辨的心情誘使他推啓店門，走了進去；不知道哪來的勇氣，竟膽敢進入這種可能造成「不好意思」的商店？以及，他可能會買些什麼叫人「心動」的「新潮」用品？或者，老闆會如何跟他交談？

時代的腳步不斷邁開，自己卻顯得老成許多。他帶著羞澀眼神，逐一尋索木架上千奇百怪的各色保險套，心想，單身漢根本用不著這種礙手礙腳的東西；至於情趣香水？他心裡冷笑一陣，沒有女朋友，哪用得著這些無聊垃圾；最後，在實在不好空著手大大方方離開男店員表示「歡迎再度光臨」的眼神裡，他挑了三條新潮得不得了的前衛內褲，聊表意思。

所謂前衛內褲，就是腰帶細極，臀部是小三角，像美國舞男在舞台上做表演穿的那種閃亮的丁字褲。是花色的喲！一條五百塊。

付過錢後，他很想狠狠地嘲弄自己，穿這種昂貴極了的前衛內褲，到底能秀給誰看？

也許該改變一下穿著的習慣與心情！也許換上這種不可思議的丁字小內褲，感覺和想法會有新的改變也說不定！他想。

那一晚，爲了秀一場自己穿新潮內褲的模樣，他甚至連洗澡的心情也來回蘊釀著，他希望「培育」可以被等待的「性感心情」。

簡直像一場洗禮般的聖典，他在浴室裡足足待了半個小時，從來不曾玩過這種洗慢澡的遊戲，他像敬赴一場「聖宴」似的從頭到底，用水和香浴乳，鉅細靡遺的搓洗，深怕肉體的某一塊肌膚沒有清洗乾淨。

蓮蓬頭的水不停的嘩啦涮下，他神情愉悅的讓急湍的冷水，一次又一次沖洗已然潔淨不已的肉身。

想到五百塊一條的昂貴內褲，他想笑，笑那短短窄窄的一塊布，如何能包裹住垂掛下體的那團幌動不止的渾肉？

約莫三十分鐘後，他不疾不徐的在擦乾身子後，套上期待了近一個小時的那條紅底印著淺藍變形蟲圖騰的丁字內褲。

感覺怪異極了，細細小小的布條，前後緊緊拉住肛門部位，他感到極不自然，一條就像要撕裂肛門那樣「放射狀」的窄布，他想褪下，然而，當站在濛著一層水氣的鏡子前，望見自己這一身性感穿著時，瞬息間顯得快活不己。

他用毛巾將鏡面重重擦拭乾淨，前後、左右端詳穿著性感內褲的自己，一副尚可引以爲傲的優質身材。

是啊！原來自己擁有如此傲人的體格，曲線比成龍還帥氣的健康體魄，爲什麼過去從未留意？何需隱藏肉體，何需包藏本來可以自由呼吸的每一個毛細孔呀！他暗自想著，自己眞可成爲一流的舞男了，這等性感的身材。

他發現，小小的內褲竟如此深情的影響他洗過身子後的清新感覺。那簡直是一種無可名狀的悠然心情與享受肉體美的快意，同時，更是一種性意念的新感受。

他覺到自己開始變態似的喜歡上內褲這個奇妙的怪玩意兒了。

新樂園裡的紫色動感

不同款式和不同色彩的內褲，
讓他有不同的穿著心情。

新樂園裡的紫色動感

不同款式和不同色彩的內褲，讓他有不同的穿著心情。

星期六晚上，難得沒有應酬，他決定留置家中，整理起居室。不必外出，不用應酬，是件暢快人心的事，他可以不用再欺瞞自己，僞稱台北是一座美麗的偉大城市，101大樓高得令人驕矜起來。眞正美麗的空間在他「家」。

他花了約莫兩個鐘頭時間，裡裡外外清掃一番之後，點了根好不容易在板橋一家小雜貨舖買到的「新樂園」香煙，放了張弦樂CD，樂音讓室內幽雅起來、豐盈起來；他喜歡不必外出的週末，眞的很悠閒。

走進臥房，傾倒出衣櫃裡所有的內衣褲和襪子，一堆從未整理過的

「布」，像極了菜場菜販旁那一竹簍裡的爛菜葉。

他開始一件件有條不紊地摺疊整齊，內褲和襪子多姿多采的顏色，眞是美麗極了！他從來都不曾仔細留意過，當所有的內衣、內褲和襪子擺在一起，竟也光彩奪目。

內褲，許多人不敢輕意啓口的名詞，好像「罪惡」的性一般羞恥。

就因爲從小習慣料理自己的起居生活事務，以及爲圖清洗方便，他前前後後總共買了不知多少條內褲和多少雙襪子。

不同款式和不同色彩的內褲，讓他有不同的穿著心情。

拉了兩條童軍繩，從臥房那端直到這頭，形成一面交錯的兩條線，他找來屋裡能收集到的迴紋針和夾子，他要完成一幅立體的現代畫。

他把多樣內褲一條一條分置夾在繩索上，這中間還穿插不同顏色的襪子，他甚至也讓領帶派上用場。

大約幾十條內褲，不到一個時辰，紛紛成爲繩索上的圖畫，一幅比陽台竹竿上的萬國旗更具創意的現代立體畫。

他爲自己的創意感到喜悅。

內褲，別人眼中的「褻衣」，他突發奇想的讓它們成爲沒有束縛、不必拘謹、絕對自在和開放的藝術。

一種玩弄生活的情緒開始從心底舒展開來，他感覺沒事的週末，沒人來訪的夜晚，母親不會輕易進房來的自在，是一個可以開發寂寥生活的創意之夜。

他把電風扇朝向繩索上的內褲和襪子吹去。

綠色飄起來，紫色飛揚起來，還有那許多的紅色都成爲耀眼的悸動，你看，連襪子飄起來的姿勢都充滿生命動感。

動感，飄揚出一幅生動的想像畫。

裸與鏡子

他喜歡在鏡外，面對真實的肉體，
像撫摸愛人般，
讓手指來回游移在每一寸肌膚上。

裸與鏡子

他喜歡在鏡外，面對真實的肉體，像撫摸愛人般，讓手指來回游移在每一寸肌膚上。

從小喜歡照鏡子，照出自以爲丰神俊朗的許多自戀記憶，同時照出他自以爲舉世無匹的肉身眷戀。

喜歡照鏡子，透過鏡面反射，他從小便愛誇示自己長得俏，是大家口中迷死人的帥哥。

要讓娘胎生出天成的帥兒子，不似打造金牌，想打出何等款式，便可得出何種款樣，他常以母親能生出他這等人間少見的美男子而沾沾自豪。

朋友們說他水仙，自戀狂的最佳寫照，他卻很不以爲然的認爲，想成就水仙，也要憑恃不易獲得的條件，外加後天裝塡，才有可能如他這般傳神的美貌。

他在屋裡建置一間設備齊全的小型個人式健身房，一得空閒，即窩進健身房專心一意鍛鍊體魄。

修鍊肉量與質量並重的魁梧身材，是他持續潛行的肉慾運動，他要讓每一塊結實的肌肉，成爲藝術家眼中，鬼斧神工的男體健美表徵。

要練就每一塊可見的光滑肌肉成爲力與美的象徵，的確不易，然而，他熱中身體運動，恰恰成爲工作之餘唯一最重要的活動。

他尤其瘋狂喜愛看到自己運動時，汗流浹背，淌滑在健壯有致的肩胛與前胸，閃爍發出光澤的水滴，那每一塊精雕細琢的肌肉紋路，經過汗水蒸餾後，幾成男體無與倫比的碩壯意象。

好似完整無缺的精緻浮雕，每次健身後，順便淋著滿身汗水，在浴室裡對著鏡面再三輕撫每一寸肌膚，已然成爲他最爲愛戀自己的變形時刻。

鏡中的自我，每一次都展現極致完美的肉體組合，他喜歡站在鏡面前，不停地賞玩每一寸肌膚和每一塊肌肉呈現出來的壯碩模樣；他更喜歡在鏡外，面對赤條而眞實的肉身，像撫觸愛人般，讓手指來回游移在每一寸肌膚上，久久難卻。

對他而言，胸肌與性器官是男人性感的致命點，事實上，鏡面反射出來的自我，那健壯無比的胸肌與豐盈飽滿的男根，以及奇妙的腋窩，常是他注目的焦點。

他憐惜與疼愛身上每一塊肌肉，當 Lax 香皀從胸膛滑過全身肌膚時，愛不釋手的五指，竟按捺不住的從腰間滑向胸部與私處，上下玩味。

他索命似地，愛用自憐的眼神凝視鏡裡的自我，以及皀化後，光滑有致的肌身。

他從不覺得愛戀鏡中的自己，或者臨到每次洗澡時，總要耗掉一大段時間撫摸肉體，享受肌膚綿纏之愛，會是變態行爲。

如果愛自己的身體是一種變態行爲，他將不顧一切投入這種變態美夢，因爲再也沒有比愛自己的身體更能顯示他心中對於美體的完整存在意義。他只相信，也永遠相信，珍愛青春的不二法門即是溺愛身體，讓肉體之美彰顯青春光耀。

不知從甚麼時候開始，他便愛上洗澡這件有趣的事，他喜歡赤裸在浴室的解放意味，喜歡透過撫摸，感受實實在在的年輕生命，通達開放式的解脫。

解脫需要擔負的精神與肉體束縛，他要在肉體消長之間，尋找純美的變態裸裎。所以，他習慣每天總要撫摸鏡外的自我，至少三次以上。

慾望小街車

鴉片香水香，
像極了慾望街車，
悄然輕駛進入這個悶聲男子的知覺。

慾望小街車

鴉片香水香，像極了慾望街車，悄然輕駛進入這個悶聲男子的知覺。

這個名叫阿修的男子，青春如他，個性卻隱晦難懂，對待自己比別人或親人好過千萬倍，是個表面上看起來異常循規蹈矩，私下卻慾火胸中燒不止的金牛座男子；平時一副沉默寡言，只要遇上有人在他面前提及「有沒有要好的女朋友？」、「什麼時候結婚？」等相關終身大事的話題時，他必定「六親不認」立即板下臉孔，一副「談這些幹什麼？」的嚴肅模樣。

他是家中處子，更是聰明子，書讀得好，自然在年近而立時，朋友會捉狹似地經常做談這種叫他「臉紅」的私事。

他不喜歡這種玩笑，多年以來，他已然提出超過一百個以上的理由去搪堵所有問話人的嘴巴，他說：結不結婚是個人私事，老提這問題，無聊透頂。

這樣一種人人時而可見的單身類型，他放縱自己在自來自往的天地間，工作、睡覺，絲毫不在意婚姻與他的年齡有絕對牽連，不結婚也不是件壞事，沒有女人的日子照樣能過。

他篤定而堅決的表達這個人生前提。

在一次朋友聚會的閒聊場合，有人問他：「平時如何解決性生活？」話才一出口，立即遭到他憤怒斥責。他說道：「這是毫無意義的問題，如何解決我的性，就好比我如何過日子，那是個人私密，你好奇個什麼勁？莫非你對我有意思？」

他翻臉眞的像翻書一樣快，頓時令在場朋友不知所措。

他一慣的生活形態，只談工作，無涉個人生活，更忌談性，談到性，這個青春男子，竟「純眞」到會滿臉泛紅。

他是都會少見的奇男子。

有一天，這個忌諱說性的男子，天眞般的在一家百貨量販店的香水鋪流連不去；成年以來，他從沒接觸香水，也從未使用過，在跟香水小姐的交談過程中，他幾近白癡的單純問話，簡直要專櫃小姐笑絕折腰，他告訴專櫃美小姐，他是道道地地「香水處男」，意思是說，他連香水的用途都不懂，遑論品牌或品質。

幾番支吾其詞與三心二意的買賣波折後，他終於痛下決定，花了幾百塊錢，買了一瓶名叫「鴉片」的中性香水。

外號鐵公雞的男子買香水？他肯定開了竅。

性的異教徒，那一夜，他帶著鴉片到市中心一家三溫暖休閒中心，他想痛快洗個澡，然後噴灑些鴉片，以禮沐的神聖心情，好讓自己成爲香水小姐說的：「有味道的男人」。

他到裝設有大銀幕A片播放的休息區，挑了個沒人的角落，躺在休閒椅上，經由螢幕男女主角激烈與放膽的愛慾表演，幻想著那誘人的鴉片，神魂顛倒地牽動許多他心儀的美麗女子和他愛慾交疊。

未曾觸感過的香水味，的確迷人，鴉片香水香，像極了慾望街車，悄然輕駛進入這個悶聲男子的知覺，香氣四溢的魅惑中，令他產生對性的諸多幻覺。

只見覆蓋下身的灰色毛毯，不自覺地幡然上下蠕動，那鴉片香味牽引著他的雙手，正用一種貪瀆慾望之姿，騷動原始心性；他怡然歡悅的容顏表情和螢光幕上，一副陶醉模樣的男主角一樣，恰成一幅絕然正比的喜樂圖像。

一瓶鴉片，牽繫他慾望雜念，在漆黑的視聽室裡，悄悄蠢動。

浴池臉

男人洗澡的地方，
怎麼也有女人？

浴池臉

男人洗澡的地方，怎麼也有女人？

記得第一次進澡堂跟大堆陌生男子裸露共浴，他感到十分羞澀，遮遮掩掩的低頭不敢四處張望。

人們管這種大澡堂叫「三溫暖」。

說羞澀，還眞有些不好意思，每個進入浴場的男人，光溜溜的晃動兩片臀肉，一下子進烤箱「逼汗」，一下子躍入冰水池「冒煙」，一下子又泡進高溫的熱水池，然後再轉進蒸氣間「薰霧」；這種忽涼忽熱的洗澡方式，據說可以消除疲勞，可以增進血液循環，更可以像在天體營一般自在活動，是名副其實的「肉體解放」。

頭一回到這種許多男人喜歡去的休閒場所，著實尷尬不已，彷彿每個人都用他們那雙銳利的眼盯著他的下體瞧著看，每次他想披塊浴巾遮羞，然而，整個浴場的男人一律赤條，披條浴巾又彷彿故意與眾不同，活像自己的那個東西跟別人不一樣似的。

後來，他才明白，泡澡、烤汗必須光溜溜，那是習慣，他必須先洗過澡進入「休息區」，才能套上一條四角褲和一件薄的日式浴衣。休息區的茶水、飲料免費供應，他可以自由自在的在那裡看報、休息；或者進入視聽間看大螢幕的電視。

那一天，他竟在視聽間第三區裡看到A片，天啊！這種公眾場所，怎能公開播映這種不堪入目的淫蕩影片，當他發現每個躺在休閒椅上，耳戴收聽機，身上蓋著毛毯的客人正聚精會神看片時，實在不便把自己大驚小怪的訝異舉動表現出來，只得悄悄走開。

三溫暖，竟是這麼回事。

朋友告訴他，三溫暖裡還有讓孔武有力的男人爲客人指壓，一次費用五百元，指壓—就是那種用手壓你的經脈，用腳站你背上踩經骨，說是會叫你全身舒暢的「健身療法」，朋友說，有時還會背對背的「甩」你「摔」你。

他不敢試，他認爲自己年輕的經脈十分活絡，毋需被人摔，萬一骨頭摔斷，誰賠？他倒想給老師傅「擦背」，擦去多年來自己洗澡時老洗不完的身上的「仙」，以及一些疲憊。

就在休息區，忽然有個舉止老練，妝扮時髦的中年女子，貼近他身旁來，拉住他的手說：「老闆，你一定是第一次到我們這裡來，感覺還好吧！」不等他接腔，她又繼續連珠炮說著：「你一定要試試油壓，我們店裡小姐的技術一流，保證油壓後，絕對讓你精神百倍，年輕十歲，過來試試看吧！」

她強拉著他的手不放，而他心裡直想著「油壓」——不就是光著身子，讓女人在他身上塗些什麼豬油，任她搓揉嗎？不，那怎麼可以，堂堂處男身，豈可任由陌生女子在他身上動手動腳，萬一對方也光著身子，或者要求他做「全套」時，那他守住二十多年的男人貞操，不就要破功？況且，AIDS正四處猖狂流行著，他豈能掉以輕心。

他慌慌張張，滿臉通紅的甩開那個老女人的手，直往視聽間，假裝鎮定的快步走去，心裡卻十分納悶：男人洗澡的地方，怎麼也有女人？

暗夜十點過後

那群叫他不明不白典當掉
男人尊貴精液的狐朋狗友，
這時通通跑哪去了？

暗夜十點過後

那群叫他不明不白典當掉男人尊貴精液的狐朋狗友，這時通通跑哪去了？

自從那個不平靜的晚上，發生了這件令人難堪的事之後，他開始變得不快樂起來。

每一天臨到晚間十點或者十點半以後，他總是無端地不快樂起來；電視螢光幕逕自掃描它閃爍不定的畫面，歌星賣力地唱著他的「快樂頌」，可是他始終感受不到任何快樂模樣。

是的，感覺對一個在乎生活的人而言，遠遠超越飲食，以及呼吸的重要性；這段時間以來，他卻如此無可藥救的緊守著感覺在他生活周邊，「感覺」成爲他唯一可依賴、可信賴的知己。他說，做爲一名有格調的單身漢，感覺，就是一切的抉擇；然而，正因爲這種要命的說辭，使他每逢暗夜到來，渾身愈加變得不自在，即便是聽一整晚爵士樂或古典小品，他仍然強烈唾棄黑夜的無情、罪惡，以及無可逃脫的宿命悲劇。

難道黑夜是他的萬惡之魔？

頽廢的徵兆吧！他的黑夜沒有孤獨，不是寂寞，他的夜濡滿難以收拾的死亡感覺，一種逐步敗壞了的生命跡象。

所以，他只喜歡白天。

至少，他可以在白天放開懷跟許多人一起做事，一起無憂無慮站在辦公室落地玻璃窗前，對著街道簇擁的人群、車潮，嘲笑被政治愚弄的人們，也可以在報紙的文字遊戲裡看政黨邪惡的爭鬥，以及小廣告裡的色情暗語。他就是喜歡白天所有可預見的荒唐。

你肯定以爲同事會拿他當異類看待吧！不，他在白天有人的地方，絕對裝扮成十足充滿自信、快樂有勁的現代上班族，他不偷懶，一切上班的目次，他都安排得井然有序。

他不讓自己成爲白天的失敗者。

當所有人讓混沌的交通成爲口中的罪惡，漫天飛揚的污濁空氣成爲咀咒政府無能的最大藉口，以及，當許多人因爲生活、行動的不便和不斷引爆的政治危機議題，大放厥辭時，他全然不以爲意。

他說，那正是一種數大的可變色彩。

所有的人都有一種顏色，是上天賦予的，要或不要沒那麼重要，色彩是自然形成的。

而他的白天是不折不扣的調色盤，他可以適意的在十六個小時裡，匀上千百種色彩，他認爲那是單身漢擁有的最華麗和最快意的財富。

如此豐盛的白天，他豈能不快樂。

他不用煩惱必須多掙一些錢，維持家計。

他不需憂慮必須對另外一個人或多個人擔起養育的重責大任。

他不必承受跟另一個同在屋簷下起居生活的人，爲了觀念、意見或其他意識型態而拌嘴、負氣或摔玻璃杯。

他可以很快樂的在清晨睜開雙眼時，跟自己道早安，或是自慰。然後愉快的光著身子走進浴室淋浴，隨不同的心情用不同香味的乳液，洗它一身清暢，再噴灑些胡立歐香水。

換不換昨天穿過的衣服，穿不穿底褲，沒人約束。這才是眞我。

心情更好時，他會穿上「HOM」昂貴牌子的內褲，再將這種極盡挑逗與性衝動的顏色貼在身上，精神渾然有緻；之後，他會挑一條同色系領帶，裡外搭配；他常是這樣，綠色系領帶一定配同色系底褲。尤其，他酷愛法國或義大利品牌。

自己高興就好。

他對領帶和內褲絕頂偏愛，他愛這兩款小東西竟然可以如此大膽用色，這是外衣永遠做不到的。他強調，他喜歡的是色彩，一種隨心所欲的顏色世界。他在那個世界吸收到生命磁場眞切的蠕動，所以每逢出國到日本辦事，他都會刻意添購不同色調、不同樣式的許多領帶和內褲。

自己高興便好。

所有色彩在他白天的生活中，是難言譬喻的美，他喜歡把顏色冠在同事身上，譬如，長的魁梧的老周，他給他梧桐色，臉蛋甜甜的小美，他叫她粉紅蝶。老天，誰知道色彩學之中何來梧桐色或粉紅蝶色。

他總是變態似地把許多色彩加諸在人以及社會事件上，捷運淡水線從民權東路站地底穿出來，他說，那是銀白河，說得同事老搞不清顏色跟捷運進出有什麼瓜葛。

這種迷戀色彩的快樂，僅止於白天，白天以後，他沒有顏色，也不要顏色，他說黑夜不是黑夜，是充滿陰森流質的恐怖色。

他厭惡提及黑或夜。

一旦所有空洞的連續劇或無聊的談話性節目，從客廳那只大黑箱底層逃離後，他便不耐、焦躁地拼命喝水，他不喜歡十點以後；而九點到十點這段漫長的一個小時，正是他恐懼的時刻，一段相當於等候惡魔前來宰割的恐慌。

他常常這樣，莫名其妙在十點過後，不知所措的攪亂自己的情緒。

隨手從書架上取出一本書，他的腦海馬上浮現錯綜混雜的燈紅酒綠，他想到那一夜悲情的酒廊……。

說是酒宴，不過只是生意場上慣常的飲酒作樂罷了，那家叫什麼紅的酒廊，那個要命的十點，他在朋友詭詐的設計下，無端掉落到最壞感覺的性遊戲裡，一群鶯鶯燕燕的酒女像瘋了似地，搏命的灌他酒，解他領帶，還……褪掉他「皮爾卡登」的西裝褲，幾隻塗滿七彩寇丹的長指甲的手，在他名貴的絲質內褲上面來回撫弄，那種被許多隻手在男性重要部位，穿梭耍玩，導致下體不斷膨脹的感覺，壞透了。

迷茫中，他的下意識不停地告訴自己：清醒吧！然而，最毒莫過烈酒燒，醉意之間竟身不由己任人擺佈，他彷彿感覺男性朋友群中，也有不少人和那些酒女一起輪番玩弄他的下體，並且使勁粗暴。

有人把酒倒進他的內褲裡，說是嫉妒他穿的內褲質料高檔。

污辱呀！他想叫，卻怎麼都喊不出聲來，他感到自己正三番兩次在幾乎無法呼吸的沉淪中深陷，忽然，一陣抽搐自下體悸動般噴洩出來，溫溫、水水、黏黏稠稠的。

他體內掠過一股涼意。

醒來時，已然第二天中午，他發現自己衣衫不整的躺在床上。床鋪雜亂不已。

那些嬲人呢？那些出賣他靈肉的「朋友」跑到哪裡去了？那群叫他不明不白典當掉男人尊貴精液的狐朋狗友，這時通通跑哪去了？

只爲了一筆談不攏的生意，天殺的！那群男人居然在暗處蹂躪他的尊嚴。

他像一名突遭強暴的女子般，衝向浴室，扭開水龍頭，嘩啦啦的溫水中，他不停搓洗肉身，他用大量的泡沫沖洗下體。混蛋！他咒罵著。而下體竟像受到巨大傷害般，無辜的垂吊著。十點，腐敗的十點，他永遠記得被典當尊嚴的那個周末夜晚十點。

報復嗎？如何報復呀！這彷彿不是他處世哲學，交情至深的好友告訴他，歡喜黑夜的人總以爲暗夜是放肆的快樂精靈，可以任所欲爲。

許多人都以爲黑夜是心靈解放時刻，解放白天的拘謹、嚴肅和枷鎖，也惟有黑夜，許多人才膽敢釋放內在的眞我，一逕自以爲是的彰顯放駭行爲。

從那天起，他每天都刻意把自己關進十點之後的屋裡，也關入恐懼和封閉的心裡。

他認爲十點以後的黑夜，人們盡在性的遊戲裡設計諸多方程式，酒館裡、二十四小時咖啡屋、三溫暖、賓館，許多人心裡充滿罪惡的性意念。

而他，一心執意成爲高尙、優雅的單身貴族竟被暗夜在一夕間抹黑。

疑惑、忿忿同時交疊在他重感覺的情緒中，纏繞復纏繞，難道他眞無法操控黑夜精靈，使之成爲寧靜神祇嗎？

十點之後的單身房，他習慣捻亮所有燈火，跟明亮一起相依爲命。

至於仲夏夜，他會裸裎全身，像條死去的魚，平躺床鋪，連呼吸都適意放慢，他要感受平靜，感覺一點平和中洞見死亡的安詳。卻是啊！不停逼近的混亂思維，令他強烈的驚爆出所有通明的燈火不是白天，是黑夜的守護神，他開始焦慮，開始放棄自我。

他想，原來燈火和黑夜都站在同一國。只有他是被白天遺棄的可憐蟲，兀自在狹小的斗室裡，不停地讓黑暗啃噬、扼殺。

難道就這樣一直承受黑夜的壓迫？他想過，索性找個女人同居。女人，絕對不和燈火與黑夜同一國。女人自成一國。

女人是疏離的國度，是暗夜的女皇；不成，他絕對不能讓單身漢尊貴的符號，沾上不成調的色彩。

夜裡，他一直不快樂。

關於要不要女人或同居，他都要思索好幾個晚上，他也想過，或許可以去愛一個男人。

他曾在公寓巷口一家PUB，用無助的眼神凝望店裡的男男女女，那是許久以來，第一次在暗夜十點過後，離開公寓，到一個有許多人，可以見到許多人的地方。他看見一名年輕的俊美男子，獨自坐在PUB一角喝血腥瑪麗，他本想過去找他聊天，看看他的美貌，但燈火黯然，最後還是打消一時衝動的念頭，繼續一人飲酒；他同時望見吧台前一名金髮美女，她抽煙的姿態十分撩人，然而，一切雜念都在瞬間消逝殆盡，他覺到黯淡的燈火像索命的小鬼，使他有窒息的罪惡感，他匆匆離開PUB。

黑夜眞長。

他期待黎明，期待白天來臨，期待白天的人們雖然僞裝，卻還有一絲眞實人性可攤在陽光底下曝曬。而身爲單身的他，更能在那些經過曝曬的人性裡，找尋足堪玩味的多種色彩。

是啊！用色彩來看人、看人性、看人情！十點過後的夜，色彩盡失的暗夜，人會變得不像人，人，以爲夜是平和、安靜的。

等待黎明正是可期盼的和平色彩，他想，要徹底摒棄黑夜加諸在他身上長期的恐懼，不是找個女人或男人同居便了，也毋需對被羞辱男人尊嚴的那個黑夜記憶牢刻在心。

把黑夜當白天，讓白天恢復它的暗夜性。

十點過後，打個電話給不喜歡黑夜的朋友，談性，或者談女人、男人。

十點過後，穿條運動短褲，慢跑到國父紀念館跟中山先生閒聊民主與阿扁。

十點過後，戲院裡的劉德華和關之琳等你替他們解開愛情心鎖。

十點過後，讓可以不畏懼的夜，顛覆自己成爲惡水上的大橋。

他想，十點以後，他要開始解放靈魂，做自己。

一個該殺的除夕夜

那一夜，單身的除夕夜，他赤裸一身激情，和唐在他的床上翻雲覆雨了一個晚上。

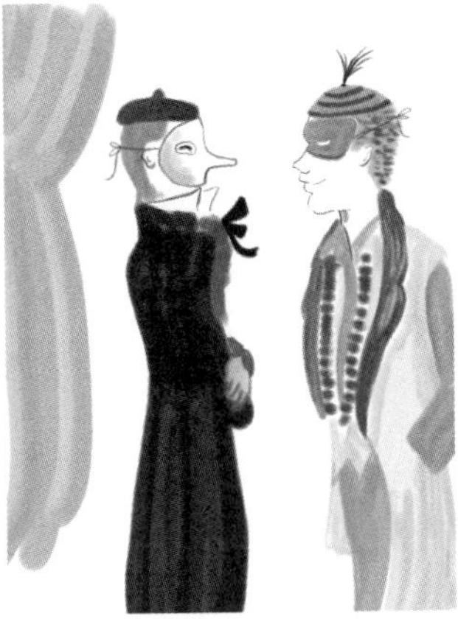

一個該殺的除夕夜

那一夜，單身的除夕夜，他赤裸一身激情，和唐在他的床上翻雲覆雨了一個晚上。

送走母親搭上晚間最後一班往歐洲的飛機後，他像尋獲失去已久的自由，神色愉悅的開著紅色跑車，一路聽著劉德華「謝謝你的愛」的卡帶，馳騁在高速公路北上霧濕濃重的冰涼裡。

多年來，這將會是頭一回度過沒有家人、沒有年夜飯的除夕夜，如釋重擔的心情不停地在他輕快的歌聲裡流瀉。

第一次，他發現霧中的高速公路像幅畫，好似失樂園裡的新希望。

原來即十分憎惡這個毫無情趣的都市，一個佈滿污穢人性如同充塞著污濁空氣一樣，令人作嘔的都市，一個原該毀滅的都市。

而今夜，他卻看路是路，看霧是霧，就連泰山收費站的燈火，都顯得無比光耀奪目。

平時臉上難得綻放半朵微笑花的收費小姐，此刻彷彿也頻頻對他施放撩人的眼波，美得像新春第一朵盛開的蝴蝶蘭。

他連過路回執條都不及接手，便讓跑車一路衝前直行。

不知道哪根筋不對，竟會莫名其妙答應讓母親臨過年時出國旅遊？爲什麼事前未加思慮清楚，沒家人聚在一起過的年，將會是何等悽愴的年？

許久以來，渾然不識一個人過年的滋味了，被母親擾攘了多年「快點結婚」的耳提面命，他始終讓自己陷溺在義無反顧的工作中，突然面臨即將從早已習慣的熱鬧中，面對可能冷清的年時，他的興奮之情突然充滿一絲矛盾。

親愛的母親的飛機，此時該也升空了吧！

想到臨出關時，母親那板著一張苦哈哈的臉，他就想笑，他笑她把一個都已經成年的人仍當小孩看待，屢屢問他年要怎麼過？他說，妳都問過幾千次了。

「年好過呀！」他說。

是的，年好過日子不好過，才幾天罷，過了年假恢復上班，他不就又有同事好消寂寞愁嗎？一個人自處眞的寂寞嗎？他忽然想到這個很「單調」的問題；一個人，這個都市不也是存在著許許多多一個人自己生活的狀態嗎？短短半個月，他必須和那些人一樣，每天獨立料理自己一切的起居飲食。

下過市區交流道，他把車子開到離住家最近的一間超級市場，他需要扮演著主婦一般的角色，購置未來半個月的生活用品，順便採購少許年貨。單身漢好似中性人，連平常類歸女人常做的事，都得自己出手，他甚至不清楚豆芽和豆苗究竟有什麼差別？母親交代非買不可的長年菜到底長得怎麼樣？他全都弄不懂，只好隨意在大堆青菜中挑了一把看起來長得很像長年菜的綠色長菜，丟入菜籃車裡。

很難呀！他的籃子裡裝了幾把青菜、幾盒冷凍豬肉，然後再也挑不下去了，他眞的不知道該如何買菜，平時連廚房都少出入的男人，他將怎麼面對那些不知如何使用的廚具？

索性到速食部挑了幾包康師傅泡麵和一些乾糧，便匆匆付帳離去。

要徹底做個單身漢談何容易呀！也許可以邀請少數沒回家過年的單身同事到家裡一起活動，打牌、喝酒、看電視，做什麼都可以，只不許一個人在家即可。

他取出電話通訊簿試打了幾通之後，失望、無奈的攤在沙發上。

他忽然想到簡愛莉—他曾經暗自喜歡過的老同事，一個美麗又溫柔的女孩，一個至今仍獨處的成熟少女。

他翻遍所有能夠找尋的資料，始終找不著她的電話號碼。

她現在會在哪裡？

他想起多年前共處一室，朝夕相處的景況，那時他正年輕，一種莫名來由的衝動，叫他止不住由欣賞她的辦事能力，轉爲喜歡她的個性。

不只一次告訴自己，不能冒犯神聖人格加諸在他身上一切忠貞警語，以及婚姻所可能帶來的無形責任與枷鎖；然貪圖從她外貌與內在擄獲他心中對她那一絲絲尚存的孺慕之情，卻是強烈不可抑止的期望。

不是沒有想到婚姻這件大事，他只是無法控制朝夕相處的「私情」—他解釋不來的一種貪戀一個人自在生活的愜意之情。

卻是自始至終，他對她的愛慕僅依附在無法落實的空幻之中，她也許曾經感受到他想親近她的態度，但誰都沒開口說出，也沒表示。

她現在到底在哪裡？

他開始討厭一個人在家這件事，就像他討厭這個都市的一切一樣，他覺得年很虛假，放長假的日子單調得像慢性自殺，叫他這種一不小心必須獨自過年的單身漢，不知如何自理。

把電話簿一再翻尋，原本延續自高速公路而來的快樂心情，一下子變得沉重起來，除夕夜，他將怎麼過？後天，春節開始的後天，他又將如何排遣？

母親決定出走這一趟旅程時，曾一再要求他向公司請假，也好讓自己趁著過年期間，有段可以和親人出國共遊的輕鬆機會，他卻以工作責任爲重推諉掉。

現在，獨自一個人坐在冷清的屋子裡，他恍然不知所以。

所有朋友都瘋到哪裡去了？

爲什麼要有這麼長的假期？本以爲一個人過年將別有一番滋味，然不識年假爲何的男人，他想不出如何殺掉時間，狠狠地把假期滅屍。

他在通訊簿上不巧看到新來公司不久，那個半工半讀的大學生唐的名字，唐是個僑生，也許有家歸不得，不如邀他過來，也好有伴。

所有的人都不知去向，就只剩唐可以找了，雖然跟他不頂熟，卻印象不惡，他便放心撥了通電話到唐住宿的地方。

唐果眞沒回馬來西亞，他在除夕夜依約來到他冷清的家中。

唐長得相貌俊美，是個中馬混血，皮膚黝黑，健康得好比運動員，話不多，盡是他一個人不停地說些公司的種種業務及其他。

都要過年了，還談公司的事做什麼？

他誠心邀唐一杯接一杯喝著，他要藉談話和酒消除對寂寞的恐懼。

他說，他不曾如此寂寞，尤其原本必須熱熱鬧鬧的年，他竟讓自己掉落在冷然的孤寂中。

唐專心傾聽他所有不快樂的談話，只偶爾說些馬來西亞華人過年的模式，同時要他快樂起來。唐說：「只要你心裡面想著快樂，快樂就會過來。」

是的，過年這象徵喜慶的日子是不該抑悶的，他調侃自己無法勝任單身生活，還不時強調，失去自我，他甚至不知道如何過日子。恐怕會很慘呀？

他們飲著一杯接一杯從超市買回來的酒，唐像個飲酒高手般，在兩人喝過四瓶不加料的陳紹後，面色依舊未變，反倒是他，大概是歲月不饒人吧！他滿臉通紅的繼續高談闊論。

約莫十一點半許，他要唐先去洗澡，他說那是他家過年的習俗，每個人都必須在夜裡十二點以前，讓自己滌得一身潔淨，一則除楣去舊，再則以最潔淨的身體迎接新一年的到來。

他同時拿了一套剛從超市買回來的內衣褲，給唐。

新的一年，哈！新寂寞的開始。

他慨喟人存在的矛盾，多年來，他未曾認眞思索或察覺歲月是用什麼樣的腳步，在年與年間溜了過去，彷彿只在轉眼間，鼠牛虎兔龍蛇等重覆了幾遍，根本來不及知道猴年究竟表示什麼？金雞便無端的在冷夜起個大早，向世人拜起年來了。

母親這時候該在威尼斯了吧！

他燃起一根煙，等唐一起繼續喝第五瓶的陳紹。

滿室通明的夜燈，他忽然定睛望著唐僅著新的內衣褲走出浴室，唐年輕、健壯、性感的身材在夜晚的氛團裡，煽情般散發一般誘人青春，那是他逝去的過往，一段無法挽回的夢。

他的心剎時澎拜不已，血液頓時在全身上下快速迴流。

唐的身材，那是他的曾經，二十歲那段歲月，他有過同樣傲人的健美體魄，那是足以使人迷惑的藝術傑作。

猝然間，他走上前去，情不自禁攬著唐，緊緊擁住，使勁抱著；而唐，不但沒有任何抗拒的反應，及時伸出雙手，含情脈脈環抱著他。

沒有音樂，沒有情調，兩個男人站在浴室通往客廳的走道上相互擁抱，燈火映著兩團人影，長長的拉到一幅掛著米羅圖騰的牆上。

他吻著唐。

唐激烈褪掉他的襯衫，以及米色西裝褲，糾纏的人影照映著牆上的畫抽象不已。

那一夜，單身的除夕夜，他赤裸一身激情，和唐在他的床上翻雲覆雨了一整個晚上。

此刻，唐裸裎一身結實的肉體，恬恬靜靜依在他身旁睡著，唐俊秀的少男面龐流露著一股叫人憐愛的美，他不禁又在他面頰上輕吻一下，這種感覺是他少有的經驗，他性生活的貧乏次數，少得可憐。

男人，他本身即是男人呀！怎麼今夜會在難以理解的情慾裡和另一個男人做愛？

想到這裡，想到這個夜忽然殘破起來，他竟難能成眠。

他同時想到親愛的母親，想到不完整的生命，想到年少時代殘缺的情感。

也許只是一時的性慾衝動吧！他看著唐的臉，自我安慰的說：然而，當看到兩人的衣衫在激情擁吻後脫落一地，他罪惡般的神情突然不安起來。

很想把唐喊醒叫他回去，卻無力說出口，只拼命似的一根煙接著一根，無意識抽著。

事情終究已經發生，總不能學報紙上的新聞，一刀將身旁這個和他發生不尋常關係，二十歲不到的俊美男孩砍斃，然後分屍滅跡。

唐到底是怎樣的人，他會不會是個同性戀者？他有沒有愛滋病？天哪！他忽然聯想起許多叫人感到恐懼的問題，止不住的慌張愈想愈不自在。只是，最先擁抱唐的人是自己，這種事若要傳了出去，不正使自己難堪嗎？

一個該殺的夜。

他依在床頭，一邊默然思忖，仍一邊用手輕撫唐烏亮的長髮。偶爾，唐會瞇睜著半開半闔的眼珠凝視他，嘴角流露一絲淺淺的甜蜜，然後又朦朧睡去。

眞是一個該殺的除夕夜，原本極意殺掉冷寥的單身孤寂，不意反而沾惹一段比自殺還難過的畸慾，他在難耐寂寞中殺了自己的理性，以及不可饒恕的變形情慾。

莫非，寂寞是一條蝕人不眨眼的毒蟲？

莫非，在他未曾理清的情慾深處，隱藏著強烈的、不可理解的模糊性向，以致讓他不明究裡的陷進不可自拔的慾河之中？

他從床頭櫃裡取出一只紅包袋，裝了兩千元大鈔，準備唐第二天醒來時，給他新年壓歲。也許這樣最好。

燈火

沒有女人的生活，
就必定是同性戀或性無能嗎？

燈火

沒有女人的生活，就必定是同性戀或性無能嗎？

春節過後，同事戲謔的問他，單身假期的性生活過得如何？

過去，他始終認為那是比右鞋是不是應該穿在右腳還要愚蠢的問題；現在，他明白了，與其苦思搜解不如勇敢面對，坦然與鄭重的回答朋友，他根本沒有跟女人發生過關係。

是男人，竟然沒有跟女人發生過關係？

哈！你一定反應得來，朋友們必定嘲弄說，你是不是性無能，或者，你有同性癖好。

性，是重要的，但是，它眞的重要到必須用嘴巴，這樣沒有口德的一再去追根究柢嗎？

有一回，他的朋友看見他房裡有一捲彼德奧圖主演的「暴君荒淫錄」的影帶，即以一種極不正經的捉狹口氣，嘲笑他不找女人解決性，只會關起房門，對著螢幕自慰。

「我手淫讓你看到了？」他憤怒地指責這些人對個人隱私不尊重，他感覺自己的尊嚴像被閹割一般，振振有詞地回說：「生活一定要有女人嗎？沒有女人的生活，就必定是同性戀或性無能嗎？你們簡直是一群性的無知者，性的象牙塔囚犯。」

他逐漸明白，要做一名愜意的單身漢，必須先教自己習慣全世界的人，可能會用異樣的世俗眼光相待。這是人們俗約定律的通俗看法。

如何解決性問題，這是個人一種可神秘、可坦然以對的日常事，何須大驚小怪。

他不再怨懟別人，不再爲別人無謂的談話困惑，更不再疑惑自己是不是真得了性的恐懼症。

他明白，性生活不是單身生活唯一要克服的問題，眼前橫擺著的現實困境，反倒是他應該如何盡力征服一個人過日子時必須迎對的寂寞或單調，無聊或清靜。

是的，有時清靜更是一種寂寞，一種恐將隨時無端引發憂鬱的顧慮。

不能用不斷工作來打發寂寥，他想，單身生活可以和婚姻生活一樣創造出許多愉悅的事，例如佈置家飾，例如在屋裡裝設幾盞柔和燈。

對啦！燈是家的心中火。

多留幾盞燈給常常晚回家的自己。

單身漢與咖啡

咖啡，咖啡，他討厭現代人用這種舶來飲料搪塞自身的文化水平。

單身漢與咖啡

咖啡，咖啡，他討厭現代人用這種舶來飲料搪塞自身的文化水平。

他向來即不盡苟同咖啡是單身漢夜晚時分唯一的愛人。

咖啡是屬於眞正貴族的，一種能夠認同人文氣質的人所擁有的；在髒亂與自私併攏的台北，沒有眞貴族，所以他自稱單身漢，或叫光棍，他只在夏天夜裡喝可爾必思，喝甜甜酸酸的無奈。

就爲了「單身貴族」這四個字，他不止一次跟同事爭辯不休，他說：「別假了，單身原不過只是一種想法或一種行爲罷了，冠上貴族二字，就保證晚上可以不必躲進被窩或廁所裡用自慰來解決性問題嗎？」

是的，他們用毫無意識原則的盲從與自以爲是，低估貴族的本質，單以名牌服飾、下午茶和知名品牌的咖啡做爲「單身貴族」的糖衣，他們甚至不知道愛麗絲是什麼顏色的花，人文的意義又是如何？他們喜歡左手提著晶亮的個人電腦，右手握一支絲毫沒有人味的手機，在流行的咖啡館拼命大聲講話。

說是爲了方便做生意，方便連絡。

問他們看過「霧中風景」電影沒有，他們推說最常去的地方是信義區的華納威秀，以及賣醇香咖啡的地方。

咖啡，咖啡，他討厭現代人用這種舶來飲料搪塞自身的文化水平。

難道光喝咖啡就有文化氣質嗎？

他笑了，夜晚可爾必思無奈的澀味讓他明白，「文化」是一種越來越淪入賤價的貨色，隨便一個觀念也是文化，即便是休閒或政爭也算一種無聊稱謂的文化活動。

他寧可叫自己做單身漢，一個快樂無比的單身漢。

他毋需背負貴族隆重、華麗的頭銜，也不必因爲不喝咖啡而掙扎著自己是否有足夠的文化特質，他可以白天和夜晚一樣，做自己願意做的事，他可以暢快的聽陳芬蘭令人動容與沉醉的台語老歌，以及到金山南路阿才的店，用古早的碗公吃一大盤炒花枝。

擁擠混雜的都市，這個從過去到現在一直呈現一張破碎不堪的臉的都市，讓沒有文化壓力，只是單純過日子的單身漢走在其間，顯得更爲貼切。

如果他是單身貴族，萬一在多酸雨的台北盆地某個街道邊等候計程車，無端被急駛而來的機車或公共汽車，濺濕一身污水，人的尊嚴如何追討？貴族的顏面又將如何保住？

所以，他喜歡自己叫單身漢。

或叫光棍。

青春獨遊心

沒有家累是他旅行最大的財富。

青春獨遊心

沒有家累是他旅行最大的財富。

跟友人一起到日本伊豆旅行那陣子，慶幸沒有家累，所以能讓自己比其他人更自如的在旅遊的輕鬆世界裡，無牽無掛，了無拖累。

旅行，就要勇於捨棄牽掛。

然而，一趟日本行，他看到同行友人，有的像是放不下心似地，每到一處新景點，便要抽空跟家人通話報平安或者報告旅遊見聞；有的爲了採購家中大小的禮物，逢店四處血拼。搭車、走路，總是手提大包小包。

台灣觀光客的購物癖，全然不分地域、男女的。

他倒能盡心地讓自己置身到一個完全擺脫物慾的自在世界，去看不同種族的文化和藝術。

縱然有時也只是匆匆一瞥，他也會要求自己用心去感受。修善寺悠然的典雅小鎮、伊東藍白相映的遼闊相模灣、新宿熱鬧人群的夜色，恰似足堪玩味和值得思索的人性空間。

他知道，想要刻意擺脫台北一切不快樂，的確不是件容易的事，喜歡獨遊的他，常爲了語言的緣故，不得不和熟悉或不熟悉的人出遊時，他再三告誡大家，擺脫台北一切束縛，旅遊行進間，任何人都別談論工作、情感和家人等殺風景的事。

他也明白，和團體一起旅遊常有諸多無謂的麻煩，一下子老張耽心女兒期中考不知考得如何？一會兒小李抱怨他住的社區簡直是不可理喻的無情危城。

所有的憂心與操煩，瞬間全部出籠。

他說，既然遠離台北，就別提台北，你管他立委選舉結果如何？你理他輿票案辦得怎樣？你瞎扯他獨裁究竟是什麼形成的把戲？一切台北莫名奇妙的現象，都暫且讓它一旁涼快。

他最是喜歡獨遊。

獨遊，除了可以使自己暫時擺脫工作壓力，更不必強忍隨團旅遊時必須涉入的人情世故。

他不覺得擺脫原已牢固的生活枷鎖是不近人情的主張，沒有家累是他旅行最大的財富，他可以全心全意從出遊中暫時忘掉台北惱人的雨、糟透的空氣，以及一切人爲的不順遂。

他喜歡孑然獨遊的適意，喜歡隻身漂泊的心情，獨遊讓他可以安心看世界，重要的是，看透無爲的自己。

迷霧

最真實的完美是，
離開男人，不依附男人。

迷霧

最真實的完美是，離開男人，不依附男人。

孤獨是何其眞摯的生命省悟啊！

醒眼的生活，他無時無刻思索著生存價值和意義，而價值或意義這兩句充滿玄奥機制的詞彙，他已然厭惡到無以比擬，爲什麼活著就必須想到活的意義，以及意義所帶來的思想問題、生命問題和令人頭疼的哲學問題？

那麼，不醒眼的日子是不是就能好過一些呢？至少，不醒眼的生活可以不必觸目驚心社會惡因帶來的抱怨、無奈或憤恨。

他是不看報紙的，不知道從何時起，他連電視新聞節目也不看，說穿了，某年某月某日，當他開始覺悟到資訊帶來過多政治垃圾的怪異現象後，他執意自己放開懷不去關心島內所發生，種種偏離人文的一切問題。

不去關心反而能夠快活些。

索性關閉起對人性探索的注意，他說，不醒眼的生活，即便是婚姻都能隨興去想它，去解釋它，不需要馱千斤重的壓力，觸及傳宗接代的現實索求。

在這個說是安定卻混亂的年代裡，在這樣一個沒法子快意擁有安全感的環境裡，傳宗接代是造孽呀！爲什麼要讓無辜的新生命呼吸不潔的空氣，以及看到更多不淨的人性，爲什麼要讓他們走在綠燈並非綠燈意涵的不安全的空間裡？

在政黨腐敗的領導下，生小孩是一種罪過，遺害新生命已經不是一條馬路補不補坑，社會福利未來的遠景又染上何等耀眼的色彩的問題而已，他不願意自己因擁有孩子而必須揹負罪孽的過失，因此，他從不去想生小孩的大事，也從未考慮結婚。

這個社會，不是認眞做好家庭教育，就可以教出堂堂正正的下一代；至於婚姻、生育，誰也拿不準說不生小孩一定不會有小孩。

所以，他情願獨身，情願同居。

同居畢竟只是兩廂情願的一種生活方式，可免生存的責任再加一層「可能」生孩子的恐懼。擺明的，他根本不能接受婚約和擁有孩子這兩項人生事，他曾跟「試居」一陣的女友坦白，如果這個社會的物質環保、空間環保、精神環保、政治環保得以提升到高文明水平，他可以考慮結婚或生孩子。

這簡直比登天還難嘛！女友笑他開出的條件簡直比要求政府改善政治體質，做好社會福利還不容易，她說，同居更能讓她享受無拘無束的生活。

是不是學藝術的人都喜歡同居的生活樣式？不，它已然從過去流行的趨勢成爲一種抗拒社會的模式，一種藉抗拒婚約而肯定自己也能在孤獨的自身中，完成另一現實景況的兩性相處的完美結構。

「也許我將在孤獨中死去，也許我更能在孤獨中復活。」她告訴他，同居只是藉由一具孤獨的身軀，見證孤獨原本是人類的最初與最終。

她愛孤獨，也愛孤獨的他。

她更愛孤獨時，從霧中看世間，看一切不完美的人間，藉諸淡淡薄薄的霧，呈現短暫假象的美好。

同居和霧中風景一樣，可堪玩味。

就說這一年春天吧！他們許多共同的朋友同事，都已到「法定」結婚年齡，不少人像發情般接二連三下帖結婚，惟獨他倆，縱令親友三催四請，不結就是不結，她認爲，結婚的人不過是把自己的孤獨建築在另一個人的孤獨上，逐步堆砌而成的寂寞，很不踏實。

同事好友則像看透她內心世界，嘲笑她：「沒有人甘心不結婚的，妳不過是找來大堆別人聽不懂的孤獨哲學，掩飾人與人相處必然發生的衝突性。」

還說：「妳根本沒有勇氣解決和另一個原爲不相識的個體，處理和諧的藝術。哪個人生下來即能和別人平和的共處一室？」

結婚，不單只是解決性的問題，它要人們學習停止男女兩性磨擦的戰爭，她一位朋友又說話：「生孩子就是老天給予兩性中止戰爭的最佳武器。妳和同居人竟然捨棄最有利的武器，甘於在不完美的兩性爭戰中，遍尋各種理由塡堵孤獨的眞義。」

她曾有過多次想擁有小孩的念頭，像張艾嘉那樣不經結婚程序而生子，也是件美麗的生育藝術，然而，當考慮到不想造成同居人無謂的責任負擔，她的確有過二次懷孕的機會，卻都因爲承諾在先而暗自拿掉；唷，女人曾經承諾過的話，也要像男人嘴裡說的駟馬難追一樣履約。她告訴他，孤獨是人生最難的事，她的同居觀念很混亂，她想整理，卻理不出頭緒，總之，在孤獨之中，她已過慣跟他有愛，實不知愛是什麼的生活。

難道只因爲共同熱中藝術，即能消除孤獨在人身上的寂寞因子？

眞是脆弱啊！連同居理由都充滿這麼多奇怪道理，她不禁想起那二次在婦產醫院手術檯上，如何讓脆弱的身軀面對現代醫術，承受醫師從自己身上無情地取走更脆弱的二條生命？而自己竟還口口聲聲強調同居樂無窮。

是的，某年夏日，她在某婦女團體的集會場合裡，向百餘位已婚婦女大談同居的種種好處，內心底竟不時湧起「我在說謊」的戰慄反應。那一夜，她讓自己徹夜難眠。

她其實很想有個孩子。

有個經由自己生育、養育的小孩，女人才叫女人。同居基於彼此允諾的協議，她不能冒然叫對方背負莫名的責任，那是同居最不道德的行爲。

如果借精生子呢？

她在第二次暗下懷胎時，確曾想過保住腹中胎兒，她想做個實實在在的女人，然而，迫於道義與矛盾，她最後依然選擇捨棄，捨棄讓自己成爲一個名叫母親的女子。

朋友笑她不識女人，女人者，母親也。

會不會是自己把人生看得複雜，又把同居看得過於單純？

她決定找個適當時間和他談生子的事。

當然，這可能牽連到他是不是會同她結婚的問題；只是，當她從孤獨中領悟到眞孤獨恰是在醒眼之中時，根本不會涉及兩人要不要結婚這檔她瞭若指掌的事。

是的，就今晚，當他下班回來後，她會向他開口，不管結不結婚，她想向他借精生子，她要從母親的角色中認識女人，她要在婚約與同居間擇一自認最好的方式過活。

也許獨立撫養一個孩子將辛苦備嘗。

也許沒有男人在旁給予支柱，她必然要做自己的棟樑支柱。

孤獨，許是人類由來已久的蒼涼，但她願意重頭來一遍，踏踏實實地在孤獨的人生道上，認識孤獨，也讓孤獨認識她。

女人，被叫母親，最是眞實。

他終於開口回話了，他說，他同意在今天夜裡，把他寶貴的精子借她孕育女人偉大的天職，不過，他又說，從明天起，她必須和他分手，也就是說，天亮後，他們兩人的感情再也互不相涉，更非「試居人」，他語氣肯定的說：「一直以來，我們只有試居，何來同居？」

他憑恃的理由很簡單：基於試居有情，他願意「施捨」一夜男人無限高尚與昂貴的精子，完成她成爲母親的心願，但他抵死不願扮演父親這個浩然卻不自由的角色，他喜歡孑然一生。還說，站在男人尊嚴的基礎上，她必須搬走。

她從一片沌然中覺醒過來。

他愛的孤獨豈是一種美麗？那不過是一種自私與孤傲的反射罷了。難道一夜纏綿，他眞能幸運地讓她懷孕嗎？她懷疑，也沮喪，開始對他試居的孤獨論調感到不屑與不恥。

她告訴他，她要的不是性，也不是剎那間的快感，她要他協助她成爲一名眞正的女人。

他顯得焦躁不安的說：「要不要我的寶貝，就今晚而已，我是不會隨便廉價出賣第二次精子，否則妳找別的男人去。」

她像遭到羞辱般的奔回臥房，內心止不住的傷痛不停顫抖，她想，這麼自私的男人，她豈可叫她想擁有的孩子遺傳著那最令人無法忍受的唯我和偏見的因子。

她傷心、失望的決定選擇馬上離開他，離開不完美的孤獨主義。至於受精懷孕，她冷然的笑話自己，就當它是場無緣擁有的夢吧！

眞正的孤獨，最後還是自己，她把孤獨與完美聯想在一塊是絕對的錯誤，孤獨是孤獨，完美卻不在孤獨之中，最眞實的完美是，離開男人，不依附男人。

不及夜裡十二點，她收拾簡單行囊，叫朋友開車載她迅即離開那棟冷冰冰的公寓。

路，罩著一層薄薄淡淡的霧，就像她喜歡的那樣。

她，不哭，不掉淚，也不回望那棟她住了半年不到，平時只一盞燈亮著的屋。她喜歡霧。

頹廢的身體遊戲

他想奮力撕毀身體每一寸肌肉，
這情慾孽障，
一直以來即以虎視淋漓肉慾的兇猛姿態自居。

頹廢的身體遊戲

他想奮力撕毀身體每一寸肌肉，這情慾孽障，一直以來即以虎視淋漓肉慾的兇猛姿態自居。

好不容易有個既像朋友，實際情誼卻好比愛人那般甜蜜的情人，兩人交往不及半年，便因爲「試居」和「同居」觀念大不相同，以致草草分手。他習慣用不理不睬，加上不聞不問的方式離棄分手的愛人。

分手那一夜，他躲入浴室裡，用蓮蓬頭水槍打了一管手槍；一場頹廢的情愛遊戲，著實令他感到無力面對自我，整夜浸蝕在消沉的情緒裡，他藉由不斷蔓生的惡劣消沉，粗暴的拿雙手演出再一次的自虐，以爲對愛情無理取鬧的控訴。

他的心情十分低落，愛情這個令人憎愛難理解的東西，叫他在經歷數次情海波折後，仍然錯以爲每一次的金石盟約都將會是永恆的，豈料，堅如玉石般的山盟海誓，一樣會在一夕間毀於一句：你連送我一件我喜歡的衣服都表現得如此小氣，同居就同居嘛，什麼試居不試居的。愛情哪！去死吧！

他想好好大哭一場，此時此刻，一個人悶進浴室裡，他要把心頭所有的鬱卒，徹底揚去，承受淋浴或許是最好的法子，他要讓一切不快，隨那無情水流掉。

徹底解放，徹底顛覆，徹底宣洩。

肉體的原始性，在浴室惟我的獨立空間裡，正以一種頹廢的方程式進行著，他要暫時忘卻愛情的不可依靠，他要讓浴水與肉體結合，宣洩一切不快。

那枝換裝在蓮蓬頭上的水槍噴管，他向下舉起，用最強勁的水壓噴向性的敏感部位，就是它，是的，它是情慾的罪魁禍首，一個不斷釋出激情與濫情元素的罪孽源頭，就是這個該譴責的慾望魑魅，使他難以自拔的掉落到愛情的無底深淵。

他想奮力撕毀身體每一寸肌肉，這情慾孽障，一直以來即以虎視淋漓肉慾的兇猛姿態自居，並不時強行衝破勃起的情愛美夢，縱身躍進瀰漫無相的慾火煉獄。

水槍強勁的水壓不斷刺激已然充血不已的蕩漾春情，他舉槍的神情，像極了影片中那些遭強暴後的楚楚女子一樣，急欲洗清所有不潔與不淨，然而，情慾的因果，何來潔或淨？不等水壓勁力衝撞，他反倒在虛勢張大的肉慾充血後，流洩一陣接一陣的「不潔與不淨」。

舒坦了嗎？一切慾念引起的不快，是否已隨激越的宣洩，趨於平和？

他注滿滿浴缸的熱水，把整個人埋首沉入水中。

看不透的愛情正和猜不透的人生一樣，不是你肯悟首即可悟道；人生雜事尚且還有幾許哲理可喻，至於愛情，嗯！去它的愛情，沒任何道理可言。

浸泡在熱水裡的肉體，浮浮沉沉，質量之間，若有似無，無中似有，原來愛情和肉身一樣，在不同心情的意念裡，都是沒有重量的。

空空空，愛情與肉體都是虛無呀！

他瞧見浮上水面，好似釣竿浮標，游移不定的那根男人孽障，已然沉溺成像隻抬不起頭的鬥敗公雞，不再凜凜威風，不再山河氣壯，不再勇猛雄糾，男人啊！生命一切本即是空茫呀！愛情不過一陣雲煙，雲來縹緲，煙去縹緲，短暫快速得難以捉摸。

愛情，可滅性的激情。

無緣淚

若是老天無意，女人無緣，
他仍如是一人生活，何須在意有無姻緣。

無緣淚

若是老天無意，女人無緣，他仍如是一人生活，何須在意有無姻緣。

參加同窗和同事的婚宴已然不計其數，直到最要好的少數幾位同學也紛紛走進地毯彼端後，他終於在參加婚宴結束當晚，放自己進到孤伶的房裡，悲從中來的掉下一串久未落流的青春淚。

不是他不想結婚，更不是他存心單身，他懷疑時機、緣分和運氣這些美麗的語言，似乎都跟他絕緣。青春以來，姻緣一直離他遠遠，甚至不知躲到哪個晦暗角落。

想到當初和他一起抱持單身主張的最後一位同窗好友，不也快快樂樂走進凡人的婚姻天地，他覺得無緣與婚姻爲伴不是壞事，充其量只是蒼天作弄的另一場遊戲。

年過青春時，母親即一再耳提面命要他找個意中人結婚，也好傳宗接代，他怏怏不樂的辯稱，絕不會爲傳宗接代而結婚，他不認爲無後即是大逆不孝，他要隨緣。

然而，隨緣的結果，竟讓他成爲同學群唯一未婚者。

好一陣子，他討厭別人在他面前問他：「什麼時候請喝喜酒？」內心顯得慌亂不已，他極不願成爲別人嘴裡談論的那種不結婚的男人，也許，他內心深處愛的是男人也說不定。

或許到日本找個女孩結婚算了，日本女人柔情體貼，據稱不會在意另一半私下愛的是男人。他了解自己內心更深層的一面。

爲什麼不到電視「非常男女」節目，參加大哥哥大姐姐的配對活動呢？有一次，母親提出這個最直接的「挽救」方法，他一口回絕，說道：「萬一給熟人看見，多遜啊！」

他肯定自己沒有能力做到為結婚而結婚，尤其年踰適婚期，他如何能隨便找個沒感情基礎的女人結婚共枕。

一長串胡思亂想，讓他一夜難眠，心思糾葛不止，婚姻一事竟無端擾亂他原本清靜的生活。淚流過後，他坦誠告訴自己，找日本女人結婚是託辭，若是老天無意，女人無緣，他仍如是一人生活，何須在意有無姻緣。

他認定自己是個無可藥救的宿命論者。

國家圖書館出版品預行編目資料

青春阿修羅／陳銘磻著.
初版—— 台北市：宇河文化出版；
紅螞蟻圖書發行，2004〔民 93〕
面　　公分，——(繽紛悅讀；2)
ISBN 957-659-430-8 (平裝)

855　　93004490

繽紛悅讀 02
青春阿修羅

作　　者／陳銘磻
發 行 人／賴秀珍
榮譽總監／張錦基
總 編 輯／何南輝
文字編輯／林芊玲
美術編輯／林美琪
出　　版／宇河文化出版有限公司
發　　行／紅螞蟻圖書有限公司
地　　址／台北市內湖區舊宗路二段 121 巷 28 號 4F
郵撥帳號／1604621-1　紅螞蟻圖書有限公司
電　　話／(02)2795-3656（代表號）
傳　　眞／(02)2795-4100
登 記 證／局版北市業字第 1446 號
法律顧問／通律法律事務所　楊永成律師
印 刷 廠／鴻運彩色印刷有限公司
電　　話／(02)2985-8985・2989-5345
出版日期／2004 年 4 月　第一版第一刷

定價 180 元

ISBN 957-659-430-8　　Printed in Taiwan